ふたり旅

三人佐平次捕物帳

小杉健治

時代小説文庫

角川春樹事務所

目次

第一章　中山道

一

本郷を過ぎ、加賀藩前田家の上屋敷の前を過ぎると追分に差しかかる。ここで、中山道と日光御成《おなり》街道とに分かれる。

佐助《さすけ》は立ち止まった。肥後《ひご》木綿の半合羽に道中差し。着物を尻端折《しりはしよ》りし、脚絆《きやはん》に草履履き。手行李《てごうり》ふたつを手拭《てぬぐ》いで結んで振り分けに肩にかける。手には菅笠《すげがさ》を持っている。

佐助の横にいるお鶴《つる》も裾《すそ》短く着物を着て、薄紅色の手っ甲脚絆、白足袋《たび》に草鞋《わらじ》履き。菅笠に杖《つえ》を持っている。

ふたりの旅装姿は小粋《こいき》で、芝居を見るような趣があった。

「じゃあ、ここでいい。どこまで行ってもきりがねえ」

佐助は平助《へいすけ》や次助《じすけ》に目をやって言う。

まだ、辺りは真っ暗だ。なにしろ、長谷川町の家を七つ（四時）過ぎに出た。浜町堀辺りまででいいと言うのに、須田町まで、次に昌平橋のところまでと言って、とうとうここまで来てしまったのだ。

「わかりやした。親分、お鶴さん。どうか、お気をつけなすって」

平助が改まって言う。

「お鶴さん、きっと帰って来てくださいよ」

三太《さんた》が泣き顔でお鶴に言う。

「三太さん。帰って来ますよ。留守を頼んだわよ」

お鶴が三太と別れを惜しんでいる間に、平助が顔を近づけ小声で佐助に言う。

「佐助。金は腹巻の奥にしまったな。巾着《きんちゃく》は腰に吊るしたな」

他人がいれば親分と呼ぶが、三人だけのときは佐助と呼ぶ。

「ああ、だいじょうぶだ。平助兄いに言われたとおりにした」

はじめての旅である。平助がいろいろ持って行くものを見繕い、三尺手拭い、矢立、鼻紙、薬、提灯《ちょうちん》、弁当など手行李にしまってくれた。

「佐助、飲み水に気をつけろ」

次助も心配顔で言う。

「子どもじゃないんだ。だいじょうぶだよ」

佐助は笑ったつもりだが、胸の底から不安が込み上げてきそうになった。内心では心細い。常に、平助と次助に守られて来たのだ。いっとき、平助が長崎に行っていたが、そのときでも次助はそばにいてくれたのだ。だが、今度は平助と次助と離ればなれになるのだ。

世間では佐平次《さへいじ》親分とたたえられて、女たちから憧《あこが》れの眼差しで見られているが、じつは佐助はさびしがりやの泣き虫なのだ。

「佐平次親分」

三太が近寄って来たので、佐助は佐平次親分の顔つきになった。

「気をつけて行って来てください。何かあったら、早飛脚で呼んでください。あっしが飛んで行きます」

三太は真顔で言う。

「三太。頼もしいぜ。留守を頼んだ」

「任してくれ。でも、親分、用が済みしだい、早く帰っておくんなさい」

三太は涙目になって言う。

「三太。そんな泣き顔をするもんじゃねえ。旅立ちに涙は禁物だ」

次助がたしなめる。

「だって、しばらく親分やお鶴さんと会えないと思うと、無性に目から水が出やがる」

三太は目尻《めじり》を拭う。

「三太さん。鼻水も出ているわよ」

お鶴がからかうように言う。

「ほんとうに早く帰って来てくれよ。な、お鶴さん」

「案外と三太さんって泣き虫なのね」

お鶴が苦笑する。

「てやんでえ。正直なだけだ」

三太は粋がる。

「平助、次助、三太。じゃあ、行くぜ。留守を頼んだ」

ほんとうは佐助だって泣きたい気持ちだった。

「親分。どうぞ、こっちのことは心置きなく行って来てください」

平助は畏《かしこ》まって言う。

平助兄い、次助兄い、と覚えず叫びそうになるのをぐっと堪《こら》え、佐助はお鶴に顔を向ける。

「お鶴。じゃあ、行くか」

「はい」

と、お鶴は即座に応じる。

奇妙な縁から佐平次親分の子分となったお鶴と、佐助はこうしてお鶴の故郷上州の高崎に出かけようとしている。そのことが不思議でならない。

しばらく行ってから振り返ると、まだ平助たちが見送っていた。

「まだ、立っている」

佐助は胸が切なくなってきた。だが、寂しいなんて言えない。常に佐平次でいなければならないのだ。

いつも、そばにいて佐助を守ってくれたのが平助と次助だった。佐助の母が平助と次助の父親の後添いになったのは佐助が赤子のときだった。

先に平助と次助の父親がなくなり、その後、佐助の母は平助や次助を懸命に働きながら育て、ついに佐助が六歳のときに死んでしまった。苦労の連続の母の一生だった。

母親が死んでからは、佐助は平助を父のように頼って来た。佐助は物心ついてからずっと平助と次助といっしょだった。そのふたりと離ればなれになるのははじめてのことだった。

「まだ、手を振っているわ」

お鶴も手を振りかえした。


「親分とお鶴さんの姿があんなに小さくなって行く」

三太が泣きそうな声で言った。

平助たちの脇をふたり連れの旅姿の男がやはり中山道を向かった。他にも旅人がおり、そのふたりがあやしいというわけではないが、平助は慎重になった。

「次助。いま行ったふたりに油断するな」

「えっ、何か」

「用心だ」

「わかった」

「次助。早く支度して来い」

平助は急《せ》かした。

「支度って、次助兄いは何かするのか」

三太が不思議そうにきいた。

次助は近くの茶店に駆け込み、しばらくして旅装姿で出て来た。菅笠を持ち、足は草鞋履きだ。

「次助兄い、その格好は？」

三太は目を丸くした。

「三太。平助兄いと留守を頼んだぜ。俺は親分のあとをつける。用心棒だ」

「そんな。俺も行きてえよ。連れて行ってくれよ」

「三太。おめえまでがいっしょに行ってしまったら江戸を誰が守るんだ。俺ひとりじゃ無理だ。それに、じいさんのことはどうする」

平助が厳しい顔で言った。

「三太。親分に気づかれずについて行くんだ。楽しい旅じゃねえ」

次助は慰める。

「わかったよ。次助兄いも達者でな」

「俺は大丈夫だ」

「次助。決して親分に気取られるんじゃねえぜ。最初の泊まりは、大宮か上尾《あげお》辺りだろう。同じ宿はだめだ。隣の宿にするのだ。何かあったらすぐ駆けつけられればいい」

平助は注意を与える。

何か起こったとしても、お鶴がいるからしばらくは持ちこたえられる。その間に駆けつければいいのだ。平助はそう次助に言ってある。

「じゃあ、行ってくる」

次助は振り分け荷物を肩にかけ、菅笠をかぶって佐助のあとを追った。

巣鴨を過ぎ、佐助とお鶴は板橋宿に差しかかった。

板橋宿は平尾宿、中宿、上宿の三宿からなっているが、最初の平尾宿には飯盛旅籠《めしもりはたご》や料理屋、茶屋などが集まっている。

今はひっそりとしているが、飯盛女と遊んだ男たちが引き上げる姿がちらほら見える。

中宿を出ると、石神井川《しゃくじい》が流れている。

橋を渡り、板場宿をあとにし、しばらく行くと、戸田川に出る。渡し船に乗ると、いよいよ江戸から遠ざかって行くのを実感し、佐助はまたも切なさに胸が締めつけられた。

川の流れを見ていて、ふいに小染《こそめ》のことが思い出された。

小染は芳町《よしちょう》の芸者である。美しさは江戸中の芸者の中でも一、二を争うであろうという評判の器量で、踊りに唄、三味線と達者で、座持ちがよい。

その小染と佐助は恋仲だった。そこに、お鶴が現れたのだ。ふたりの間で揺れ動き、悩んだ末に最後は小染を選んだのだが、小染は深川に移ることを決めてしまった。

芳町は陰間茶屋で有名なところで、そこで芸者をやっているより、深川に鞍替《くらが》えしたほうがはるかに評判になるだろう。

だが、佐助は小染の気持ちに気づいていた。小染は自ら身を引いたのだ。

(小染、さらばだ)

江戸のほうを振り返り、佐助は心の内でつぶやいた。

ふと、気づくとお鶴が佐助の顔をみていた。佐助はあわてた。お鶴は勘のよい女だ。佐助が小染のことを思っていたことに気づいたのかもしれない。

だが、お鶴はそっと顔を近づけた。

「あの商人ふうの旅のひと、私たちのことを気にしているみたいです」

「俺たちのことを?」

佐助はさりげなく首をまわした。客は十人ほどである。旅芸人らしい男と女。武士と従者。商家の旦那と手代ふうの男。それから浪人者に、年寄りの夫婦者。そして、船頭の近くに三十前の男がいた。

横に置いてある唐草模様の四角い風呂敷包に寄りかかって、あたりの風景に目をやっている。

えらの張った顔だ。眉《まゆ》は短くて濃く、細い目は鋭い。

「あの男……」

佐助は思い出した。

平助たちと別れを惜しんでいたとき脇をすり抜けて行った男だ。つまり、先に行ったはずだが、あとからこの船に乗り込んだのは何か意味があるのか。

「用心したほうがいいかもしれないな」

佐助は低い声で言う。

「はい」

お鶴も緊張した声で言う。

船着場に着き、佐助はお鶴の手をとって桟橋に上がる。続々と、船から乗客が下りて行く。

再び、佐助とお鶴は街道を行く。両側は戸田村である。

かなたに山が見えるが、広々とした風景が広がっている。船でいっしょだった旅人の姿も見える。例の男も背後からついて来る。

佐助は気になったが、本当にこっちを気にしていたのかははっきりしない。しばらく、様子を見るしかなかった。

陽も高くなり、青空が広がっている。

「お鶴は何年か前にここを通っているんだな」

「ええ、はじめて江戸へ向かうということで、胸を躍らせながら歩いた記憶があります」

お鶴が江戸に来た目的は、当時売り出し中だった佐平次の評判を貶《おとし》めようとする連中を手助けするためだった。

それなのに、佐助とお鶴は所帯を持とうという仲になった。

昼前に蕨《わらび》宿に入ったが、そのまま素通りし、しばらく行ったところにある茶店に入った。ここまで休みもとらずに歩き続けて来た。

「疲れないか」

佐助がいたわる。

「私はだいじょうぶです。親分は？」

「親分って呼ばない約束だ」

佐助が注意をする。

「ごめんなさい。おまえさんこそ」

お鶴が照れくさそうに言ったが、佐助も顔は赤かった。

「俺はだいじょうぶだ」

佐助が答えたとき、茶店の婆さんが茶を運んで来てくれた。持参のにぎり飯を食ったあと、婆さんに茶代を払って立ち上がった。

その脇を例の商人ふうの男が通って行った。

「どうやら気のせいだったようだ」

佐助は苦笑した。

大宮を過ぎ、上尾に近づいたとき、だいぶ陽も傾いてきた。風も冷たくなってきた。

上尾宿は本陣一軒、脇本陣三軒、旅籠が四十一軒あった。佐助はお鶴といっしょなので飯盛女の客引きにはあわなかったが、男の旅人は強引に、飯盛旅籠に連れ込まれていた。

佐助とお鶴は小さい平旅籠に入った。

二階の部屋に案内され、旅装を解く。

お鶴が宿帳を書いている間、佐助は窓の手すりに手をかけて外を眺めた。相変わらず、飯盛女が客を引っ張っている。

ふと、強引な客引きの手を振り払った図体《ずうたい》のでかい男を見た。佐助は次助を思い出した。次助兄いのように体の大きな男もいるものだと、佐助は覚えず口許《くちもと》を綻《ほころ》ばせた。

平助兄いや次助兄い、それに三太はどうしているだろうか。そろそろ、夕飯だ。長谷川町の家で、おうめ婆さんの作ってくれた夕飯を食べはじめる頃だ。

「お風呂は今ならお入りになれますけど」

女中がお鶴に言う。

「おまえさん、どうしますか」

「お鶴。先に入ってきなさい。俺はあとで入る」

答えてから、また佐助は窓の下を見た。さっきの大きな体の男はどの宿に入ったのだろうかと気になった。

お鶴が湯から出て来て、代わりに佐助が風呂に向かった。

五右衛門《ごえもん》風呂に浸かっていると、小窓に月が見えた。今頃、平助兄いたちもこの月を眺めて、俺のことを思い出しているかもしれない。

まだ、丸一日も経《た》っていないというのに、しばらく会っていないような気がしてきた。

「佐助。旅に出て最初の日やふつか目は家を恋しがり、寂しくなる。だが、それを過ぎてしまえば、さして気にならなくなるものだ」

長崎に旅をしたことがある平助が言っていた。

平助が言うとおり、最初の日はなぜか、皆の顔が浮かんで来てならない。

美人局《つつもたせ》などの悪事を働いて来た小悪党の平助、次助、佐助の三兄弟を、いまのような佐平次親分として姿を変えさせたのは北町奉行所の定町廻《じょうまちまわ》り同心の井原伊十郎《いはらいじゅうろう》だった。

佐助の美貌《びぼう》と平助の腕と度胸、冷徹な判断力。さらに、次助の怪力に目をつけ、伊十郎が佐助を佐平次親分に仕立て上げたのだ。

平助と次助は子分として、佐助に手を貸して来た。末弟の佐助を、親分として立てなければならないふたりの気持ちを思うと、申し訳なくなる。

湯から出て、梯子段《はしごだん》を上がって部屋に戻った。そのとき、ふたつ隣の部屋から男が出て来た。厠《かわや》に向かったが、渡し船の中でいっしょだった商人ふうの男だ。

あの男は先に行ったので、てっきり桶川《おけがわ》宿辺りまで行ったものと思っていたので、この宿場に泊まったのが意外に思えた。それも、同じ宿だ。

部屋に入ると、食事の支度が出来ていた。

「どうかしたんですか、妙な顔をして」

お鶴がきいた。

「あの男がふたつ隣の部屋にいる。船でいっしょだったえらの張った顔の男だ」

「そうですか」

お鶴は眉根を寄せた。

「でも、偶然かもしれません。さあ、いただきましょう。お酒、頼んでおきました」

お鶴が色っぽい目つきで言った。

「よし」

旅に出て最初の宿だ。佐助は心が浮き立って来た。

二

翌朝、平助と三太は長谷川町の家で、おうめ婆さんの朝飯を食べた。

無口な平助はもくもくと食べているが、三太はさっきからため息ばかりついている。

「どうしたんだい、三太さん。親分たちがいないので寂しいのかえ」

おうめ婆さんが微笑《ほほえ》んできく。

「だって、静かすぎるんだ。黙って飯を食べているのが落ち着かねえ」

三太は不服そうに言う。

「じゃあ、あたしが話し相手になってやるから、なんでも話しなさいな」

「そういうもんじゃねえよ」

三太は鼻を膨らませ、

「はい、お代わり」

と、茶碗《ちゃわん》を差し出した。

「その割には食欲は変わらないのね」

おうめ婆さんが笑って茶碗を受け取った。

「三太」

平助は箸《はし》を止めて、

「それを言うなら、次助はたったひとりぽっちで飯を食べているんだ。いつも話し相手の三太がいないどころか、たったひとりぽっちだ。次助のことを考えたら、そんな贅沢《ぜいたく》は言えないはずだ」

「わかっているけど」

三太はしんみりして、

「親分やお鶴さんもだいじょうぶかな」

と、遠くを見る目つきになった。

「だいじょうぶだ。明日には高崎に着く。高崎に着けば、向こうにはお鶴の親がいるのだ。心配ない」

「次助兄いはどうするんだえ。そのまま帰って来るのか。それとも、親分たちといっしょにお鶴さんの家に厄介になるんだろうか」

「そのまま帰って来るだろう。あとをつけていることは内緒だからな」

「次助兄いもごくろうなことだな」

三太が心配顔で言う。

「いいか、留守している者がしっかり家を守っていれば、安心して旅をしていられるんだ。三太が寂しがったり、不貞腐《ふてくさ》れたりしたら、遠い旅先でも何かを察し、心配になるものだ。親分たちに気持ちよく旅をして来てもらうためにも、留守は俺と三太で守るんだ。いいな」

「ああ、わかった」

三太は元気を出した。

おうめ婆さんから受け取った茶碗を口にあてがい、猛烈な勢いで食べはじめた。

おうめ婆さんが安心したような顔を平助に向けた。

朝飯を食べ終わったとき、格子戸の開く音がした。

刀を右手に持って、井原伊十郎が居間にやって来た。

「やっぱし、なんだか寂しいな」

伊十郎が顔をしかめて胡座《あぐら》をかいた。

「おや、次助は?」

「へえ、じつは親分のあとをつけさせたんです」

「あとを?」

「へえ、佐平次親分はこれまでに何人、いや何十人という悪い奴らを捕まえて来ました。獄門になったり、島送りになったりしたものもたくさんいます。そいつらにつながりがあるものが詰まらねえ考えを持たねえとも限りません」

「まあ、そんな心配はないと思うが、用心に越したことはないな。おい、三太。お茶をくれねえか」

「へい」

と返事をしてから、三太は真顔になってきいた。

「ほんとうのお茶でいいんですかえ」

「どういう意味だ?」

「へえ、お鶴さんはいつも旦那にお酒をあげていたみたいだから」

「ちっ、そんなことときくことはない」

伊十郎は不愉快そうに口をひん曲げた。

とにかく、伊十郎は酒好きだ。いや、もうひとつ酒以上に好きなのが女だ。とくに、後家には目がない。

三十歳を過ぎているが、いまだに嫁をもらわないのはまだ遊びたいからだ。

「おい、平助」

ふと思い出したように、伊十郎が口を開いた。

「最近、佐平次は芝《しば》のほうに出かけたか」

「芝ですかえ？　いえ、行っちゃいませんぜ」

「そうだろうな」

伊十郎が小首を傾《かし》げた。

「なんですかえ」

「いや、佐平次を見かけたって者がいたんでな」

「それは何かの間違いでしょう」

「そんなはずはないな。平助、じつは頼みがあるんだ」

急に、伊十郎の態度が卑屈そうになった。

「なんですね、改まって」

「ここじゃちょっと言いづらい」

伊十郎は困ったような顔で、おうめ婆さんに目をやる。

「あら、私がいたんじゃ話せないことなんですか」

「いや、そうじゃない。仕事のことだからな」

伊十郎は苦しい言い訳をする。

「わかりました。ちょっと、うちに行って来ますよ。四半刻（三十分）ぐらいでいいんですね」

「ああ、そのくらいで十分だ」

「じゃあ、行って来ます」

おうめ婆さんはたすきを外して出て行った。

「旦那。じゃあ、聞かせていただきましょうか」

平助は催促した。

「いや」

まだ何か、ぐずぐずしている。三太がいるからか。三太に聞かれてまずい話とは佐助のことかもしれない。

佐平次親分の秘密を知っているのは、伊十郎と須田町にいる茂助《もすけ》だけだ。茂助は佐平次に捕り物のいろはを教えてくれた男で、いまは岡っ引《おかぴ》きから退いている。

「親分に関することですかえ」

平助は伊十郎の目を見つめた。

「いや、そうじゃない」

伊十郎ははっきりしない。

佐助のことではなさそうだと思った瞬間、平助はぴんときた。

「女ですね」

「うむ」

伊十郎は苦しそうにうめいた。

「井原の旦那が女のことで苦しんでいるなんて、親分が知ったら……」

三太がおかしそうに言ったが、途中で伊十郎の鋭い睨《にら》みにあってあわてて手で口を押さえた。

「旦那。まさか、恋の橋渡しをしてくれなんて言うんじゃないでしょうね」

平助が真顔できく。

「そんなこと、平助に頼んでも仕方あるまい」

伊十郎は気弱そうにうつむき、すぐに顔を上げた。

「三河町にある駕籠《かご》屋の『駕籠庄』を知っているな」

「へえ、ひと貸しもやっているところですね」

駕籠屋だけでなく、土木工事などに人足の斡旋《あっせん》もしているところだ。

「主人は庄五郎《しょうごろう》と言い、うちのお奉行とも懇意にしている。まあ、顔役だ」

伊十郎は眉根を寄せて言う。

「旦那。まさか、庄五郎の女に手を出したって言うんじゃないでしょうね」

平助が問うと、伊十郎は渋い顔で頷《うなず》いた。

「そうなんですかえ」

三太が伊十郎の顔を覗《のぞ》き込む。

「八丁堀に帰って来て、茅場町《かやばちょう》薬師の前を通り掛かったら、鳥居から出て来た女がいた。いい女だと思っていたら、向こうが軽く頭を下げた。だから、ちょっと声をかけたんだ」

「ちっ。いい気なもんだ」

三太が小さく呟《つぶや》く。

「おい、三太。何か言ったか」

「いえ、なんでもありません」

三太があわてて首を振る。

「それでどうしたんですかえ」

平助は先を促した。

「まあ、気が合ってな。旦那、うちは近くですから寄って行きませんかって言うんだ。じゃあ、ちょっとだけってことで……」

鼻の下を伸ばして女について行く伊十郎の姿を想像した。

「小さいながら黒板塀の小粋な家だ。縁起棚に神棚、壁に三味線がふた棹《さお》かかっていた。芸者上がりの女だと見当をつけた」

「旦那。そんなことはいいですよ」

平助は肝心なことだけ聞けばいいのだ。

「それから、女の家に三度ばかし行った。おしまっていう名だ。じつに、いい女だ。餅肌で、手のひらに吸いつくような……」

「旦那」

三太が口をはさむ。

「うむ」

伊十郎は一瞬にやけた顔を厳しくし、

「きのうの朝、妙な手紙が屋敷に舞い込みやがった」

「どんな手紙ですかえ」

三太が身を乗り出した。

「おしまは『駕籠庄』の庄五郎の妾《めかけ》だ。その妾に手を出したら庄五郎は許さないだろう。黙っていて欲しければ十両を出せって脅しだ」

「八丁堀の旦那を脅すなんて、とんでもないやろうですね」

三太が息巻いた。

「旦那。おしまには話したんですかえ」

平助がきく。

「そうだ。手紙に書いてあることがほんとうかどうか確かめに、おしまのところに飛んで行った。そしたら、おしまも青くなっていた。駕籠庄の旦那に知られたら殺されてしまうと、泣き出した」

「芝居じゃなかったんですね」

「なんだと？　おしまもぐるだって言うのか。そんなことはねえ。おしまの顔は芝居じゃなかった」

「で、誰かに見られたっていう心当たりはあるんですかえ」

「いや、さっぱりわからねえ。おしまも心当たりはないっていう」

「おしまの家に他には誰が住んでいるんですね」

「住み込みの娘がいる。まだ、十四歳だ。この娘が悪さを考えたとは思えねえ。あとは出入りの者だが、おしまの話では、こんなことをするような人間は思いつかないっていうことだ」

「そうですかえ。で、具体的にどうしろと？」

「今夜の五つ（午後八時）、鉄砲洲稲荷《てっぽうずいなり》の常夜灯の下に十両を袱紗《ふくさ》に包んで置いておけと書いてあった」

「旦那、どうするんですかえ」

「どうするかだって？　十両なんか払えるか。それに、払ったとしても、相手の正体がわからなければまた脅されるだけだ。平助に頼みたいのはそこだ。鉄砲洲稲荷に張り込み、金を受け取りに来た奴をとっつかまえて欲しいのだ」

「金を持って行くんですね」

「相手の正体を摑《つか》むためにな」

「わかりました。やってみましょう」

平助は請け負った。

「すまぬ。こんな卑劣な奴を許してはおけぬからな。三太も頼んだぜ」

伊十郎は三太にも頭を下げた。

「旦那。これに懲りて、女道楽から足を洗い、おかみさんをもらったほうがいいんじゃありませんかえ」

平助は伊十郎をたしなめた。

「そんなことは、今度の件が解決してからだ」

伊十郎は立ち上がった。

「今夜五つだ。おめえたちは早めに行って、常夜灯を見張っているんだ。じゃあ、頼んだぜ」

伊十郎は格子戸を開けて出て行った。

「あの旦那にも困ったものですね」

三太が冷笑を浮かべた。

「まあ、今夜、出かけるしかあるまい」

「平助兄い。まるで、俺たちは井原の旦那の尻拭いをやらされているようですぜ」

三太がぼやく。

「まあ、そう言うな。ともかく、まず、おしまという女のことを調べてみよう」

「へい」

三太が頷いたとき、格子戸の開く音がした。静かな開け方はおうめ婆さんだ。

「旦那とすれ違いましたよ。なんだか珍しく元気がないようだったけど、いったいどんな話だったんだね」

おうめ婆さんがきくと、三太が真顔で答えた。

「旦那の持病の話だよ」

「あの旦那、病気持ちなのかえ」

おうめ婆さんがびっくりしてきき返した。

「そう。たちの悪い病だ」

「ちっとも知らなかった」

また、格子戸が開いた。勝手に上がって来るのは伊十郎の他に横町の隠居しかいない。ちんまりした顔の小柄な年寄りだ。今でも、ときたま吉原に繰り出すというほど元気だ。

「ご隠居、いらっしゃい」

三太が声をかける。

「いらっしゃいじゃないわ。親分とお鶴さんは上州に出かけたそうだな」

「ええ、きのうの朝、出かけました」

平助が答える。

「祝言の日取りはどうなっているんだ」

「いえ。まだ、そこまでは……」

隠居の剣幕に気圧《けお》されたように、平助は苦笑して答える。

「いいか。親分の祝言は盛大にやるんだ。町のみんなも祝福するだろう」

「ご隠居。その話は親分が帰ってから」

「いや。佐平次親分は派手なことをしたくないと言うに決まっている。だが、佐平次親分ほどのお方の祝言がささやかでは町の者の名折れだ。絶対に派手にやるのだ。おまえたちに任せておいてはだめだ。よし、俺が仕切ろう」

「ご隠居」

平助が口をはさんだが、隠居の耳に入らない。ひとりで張り切っていた。

「よし。また、来る」

隠居は言いたいことだけ言って、さっさと引き上げて行った。

「平助兄い、どうするんだ。親分もお鶴さんも祝言は内輪だけでささやかにやるって言っていたのに」

「まあ、なるようにしかならないってことだ」

平助は冷めた声で言った。

「どうも、厄介なことが立て続けに起こるな」

三太がぼやいた。

いまごろ、佐助はもう宿を出立したことだろう。

三

早朝に上尾宿を出立し、佐助とお鶴は中山道を行く。

街道には馬も通り、駕籠も行く。旅人の数も多い。その中に、例の商人ふうの男もいた。どうも、佐助たちにぴったとついてくるようだ。

ゆうべは何事もなく過ぎた。だが、安心は出来ない。佐平次が捕まえた悪党の仲間が仕返しに襲って来る可能性も否定出来ない。

いや、そればかりではない。佐平次の評判は江戸中に伝わっている。その佐平次を殺《や》れば、男になれると思う馬鹿な連中がいないとも限らない。

佐助が旅に出ることはおおっぴらには知らせていないが、それでも近所の者たちは知っており、また自身番などにも告げてある。

だから、妙な連中の耳にも入るかもしれない。商人ふうの男は佐助たちのすぐ後ろを歩いていた。

「お鶴。奴を先に行かせよう」

佐助は言う。

「ええ」

「あの地蔵さんのそばで、少し休もう」

「わかりました」

素朴な顔の地蔵にお鶴は駆け寄った。その前にしゃがみ、手を合わせる。佐助も横に並んだ。

背後を旅人が行き過ぎる。例の男も行き過ぎて行った。

「奴め。仕方なく行き過ぎたが、どこかで待っているかもしれないな」

「ええ」

再び、街道に出て、歩きだした。

目の前に稲穂が風になびき、金色の景色が広がっている。かなたに山が連なってい
る。紅葉が見られた。

一里塚を過ぎたとき、前方の路傍の石に腰を下ろし、たばこをすっている男に気づ
いた。えらの張った顔だ。例の男だった。

「どうするか」

佐助はさすがに薄気味悪くなった。

「無視して行きましょう」

お鶴は無視するように言う。

こっちが佐平次だと知って、つかず離れずしているのに間違いない。

鴻巣《こうのす》を過ぎ、だいぶ経った頃、佐助が振りかえると、例の男がだいぶ迫って来た。

その男のうしろにふたりの浪人者の旅人がついて来る。

「お鶴。男の動きが怪しい」

佐助はお鶴に耳打ちした。

お鶴は振り返った。そのとき、例の男が駆け寄って来た。

「すいません。ちょっとごいっしょさせてください」

そう言い、男はお鶴の横に並んだ。

「なんですね」

お鶴が抗議をした。

「お願いでございます。しばらくごいっしょを」

男は緊張した声を出した。

やがて、ふたりの浪人が足早に追い抜いて行った。

その浪人たちの姿が小さくなると、ようやく男は数歩前に出て、立ち止まって振り返った。

「すいません。あっしは作蔵《さくぞう》っていいます。決してあやしいもんじゃありません。また、あとでごあいさつに上がります」

そう言うや、足早になって先を急いだ。

「なんだっていうんでしょう」

「浪人者に追われていたのだろうか」

「それにしては、先を急いでいる様子は見えませんでしたけど」

お鶴は小首を傾げた。

ときたま、陽は雲に隠れるが、辺りは明るかった。刈り入れの済んだ稲穂が風に揺れている。

またも背後から遊び人ふうの男の旅人が追いつき、やがて去って行った。

「さっきも浪人が急いでいたが」

佐助はさっきの浪人と仲間ではないかと疑った。もう、作蔵とふたりの浪人の姿が見えず、今追い抜いて行った遊び人ふうの男も姿が豆のようになっていた。

「あの調子では本庄《ほんじょう》まで足を伸ばすつもりだろうか。俺たちは深谷《ふかや》泊まりだ」

本庄は一番大きな宿場町であり、そこまで行くのだろうと、佐助は思った。

陽が落ちて来て深谷宿にやって来た。

街道の両側に、荒物屋、八百屋、小間物屋、質屋、豆腐屋、そば屋などの小商いの店が並び、旅籠も六十八軒と数は多い。

ここも飯盛女がいて、近在の若者たちが遊びに来て、たいそうな賑《にぎ》わいを見せていた。

ふと、佐助は誰かに見つめられているような視線をこめかみに感じた。だが、ひとがたくさんいて視線の正体は摑めなかった。

佐助とお鶴は年寄りの客引きに誘われるまま、『三津屋』という飯盛女のいない平旅籠に入った。

女中に濯《すす》ぎの水をもらい、足を濯いでから部屋に案内された。

宿帳を書き終え、風呂にも入って、夕飯までの間をのんびりしていると、廊下で声がした。

「失礼します。ちょっとよろしいでしょうか」

この声は……。佐助はお鶴と顔を見合わせた。

「どうぞ」

お鶴が応じた。

「ごめんなすって」

障子を開けて入って来たのは、やはり作蔵と名乗った男だった。

座ってから膝《ひざ》をずらしに出て、

「昼間は失礼いたしました。あっしは越後商人の作蔵と申します。小千谷縮《おぢやちぢみ》を江戸で売り、越後に帰るところでございます」

「越後ですか。すると、高崎から三国《みくに》街道に出るのですね」

お鶴が口をはさむ。

「そうです。おかみさん、よくご存じで」

「それより、なぜ、俺たちのあとをつけているのか、その理由を教えてもらえませんか」

佐助は作蔵の顔を凝視した。

「へえ、申し訳ありませんでした。じつは、あっしは江戸のご贔屓《ひいき》さまに品物を届け、その代金の百両を腹巻の奥深くに隠しております。ところが、神田須田町の旅籠に帰るまで、誰かにつけられているような気がしたんです。いえ、確かに、男の影を見ました。あっしは金を狙《ねら》われているんじゃないかと、ぞっとしました」

作蔵は身をすくめるようにした。

「で、江戸を発《た》つのを予定より一日早めて、きのう夜が明ける前に旅籠を出発しました。本郷通りで、おまえさん方を見かけたのでございます」

「そうか」

なにしろ、平助たちが森川宿の追分までついて来たのだ。大勢がぞろぞろ歩いていたら、目立ったに違いない。

「聞こえてきたのが、佐平次という言葉。さては、いま江戸で評判の佐平次親分だと知り、あっしはしめたと思ったのでございます」

「しめたと？」

「はい、佐平次親分につかず離れずに旅をすれば、百両を狙う盗人《ぬすっと》も手が出せないと思いました。そういうわけで、ついご無礼な真似《まね》をしてしまいました。このとおりでございます」

作蔵は頭を下げた。

「そういうわけだったのか」

そう答えたものの、佐助はなおも疑わしそうに相手の目を見る。

「また、明日からも、お目障りにならないようにしますので、どうぞよろしくお願いいたします」

「なんだ、まだついて来る気か」

佐助は呆《あき》れたように言った。

「へえ、申し訳ございません。ところで、佐平次親分はどちらまで？」

「高崎だ」

「高崎でございますか」

作蔵の目が一瞬鈍く光った。だが、すぐに穏やかな顔つきになって、

「それでは、高崎までごいっしょさせてください」

作蔵は勝手に言い、

「どうも水入らずのところをお邪魔しまして申し訳ありません」

と、頭を下げてから立ち上がった。

作蔵が出て行ったあと、

「あの男の言っていること、ほんとうだろうか」

と、佐助はお鶴に顔を向けた。

「どうでしょうか。でも、油断はしないほうがいいでしょうね。どうも、ただの商人とは思えません。目の配りなど、とても鋭いものがあります」

お鶴も厳しい顔で答えた。

「よろしいでしょうか」

障子の外で女中の声がした。

作蔵と入れ代わるようにして、女中が食事を運んで来たので、話は中断した。

四

その夜、五つ（午後八時）に少し間があった。

平助と三太が植え込みの中に身をひそめて半刻（一時間）近くなる。鉄砲洲稲荷にやって来てすぐに境内を調べたが、あやしいひと影はなかった。

夜になって、一段と風が冷たくなった。

「うっ、寒い。井原の旦那のために、とんだ迷惑だ」

三太がぼやく。

平助はじっと常夜灯を見続けた。まだ、伊十郎が現れるには間がある。おそらく、伊十郎を脅した奴は、伊十郎をどこかで見張っているはずだ。

五つになろうとしているとき、足音が聞こえた。誰かが稲荷に向かって来る。

「井原の旦那だ」

三太が声をひそめた。

伊十郎がすたすたとやって来て、常夜灯の前に立った。そして、辺りを見回してから、おもむろに懐から小判の包を出し、常夜灯の下に置いた。

それから、もう一度、辺りを見回し、伊十郎は踵《きびす》を返した。土を擦る足音が遠ざかり、再び静寂が訪れた。

「三太。金を受け取りに来る奴は恐喝の本人とは限らねえ。頼まれて金を受け取りに来ただけかもしれねえ。だから、すぐにとっ捕まえねえで、あとをつけるのだ。いいな」

「ああ、わかっている」

「俺はおめえのあとをつける」

「任してくれ」

三太は頼もしく言う。

平助はこの三太を早く岡っ引きとして一人前になるように仕込もうとしている。いつまでも佐助が佐平次親分としてやっていけるわけはない。

そもそも佐平次は佐助の美貌に目をつけて、伊十郎が作り上げたものだが、必ず歳をとって行く。佐助の容色は衰えて来る。そうなれば、佐助が佐平次親分を演じるのは無理になる。

弱虫で気が小さいという以前に、佐助はやさしいのだ。岡っ引きに向いていない。佐平次を演じて、ときには得意気になっているが、それも平助や次助が陰で支えているから出来ることであり、佐助自身には岡っ引きの才能はない。

最初の頃に比べたら、岡っ引きらしい技量を身につけてきたが、佐助ひとりでは岡っ引きは無理だ。

平助も、いつまでもこのような状態が続くとは思っていない。

佐平次親分のあとのことを考えておかねばならない。いや、考えてある。兄弟三人で、外国との交易をする商売をしたいのだ。

それに備え、平助は商売のことだけでなく、オランダ語の勉強もしている。

佐助はお鶴と所帯を持つ。出来たら、佐助には早く佐平次をやめさせ、商売の勉強をさせたい。三人で、外国との交易をする会社をやって、ゆくゆくは佐助とお鶴に小さくても店を持たせてやりたい。佐助だけでなく、次助にも嫁を持たせ、同じように店を持たせたいのだ。

そのためにも三太を一人前にしなければならない。佐平次がいなくなったあとは、三太が佐平次の代わりに江戸の町のひとびとの安全を守ってやるのだ。

「誰か来た」

三太が抑えた声で言う。

だが、下駄の音だ。やって来たのは、女だ。そのまま、社殿のほうに行き、お参りを済まして引き返して行った。

それからしばらくして、黒い影が近づいて来た。辺りに目を配っている。怪しい挙動に、金をとりに来た男だとわかった。

「三太、抜かるな」

平助は声をかける。

「ああ、任せてくれ」

黒い影は常夜灯の前でしゃがんだ。そして、何かを摑んで立ち上がった。だが、いきなりいま摑んだものを常夜灯に投げつけ、走り出した。

「あっ、いけねえ」

三太が素早く植え込みから飛び出した。

平助は常夜灯に男が投げつけたものを拾った。それは瀬戸物の破片だった。どうやら、伊十郎は破片を懐紙に包んで十両に見立てたらしい。

舌打ちして、平助は三太のあとを追った。本湊町《ほんみなとちょう》のほうだ。

伊十郎は十両を出し惜しんだ。ばかなことをしてくれたと、平助は腹立たしくなった。

十両を渡したほうが尾行しやすかったのにと、伊十郎を責めても仕方ない。常夜灯の前にやって来た男は単なる使い走りだろう。

こうなったら、あの男を捕まえて、黒幕を聞き出すしかない。三太の姿を追っていくうちに、南小田原町へとやって来た。

すぐ近くに築地本願寺の大屋根が見えた。

街角を曲がると、三太が天水桶《てんすいおけ》の陰に立っていた。三太の視線の先に、居酒屋がある。

「奴、そこに入って行きやした」

「よし。入ろう」

平助と三太は玉暖簾《のれん》をくぐった。

店の中は客で混み合っていた。大きな卓がふたつ。右手に小上がりがあり、小さな卓が四つ。どこにも客がいた。

「平助兄ぃ。あいつだ」

小上がりの卓にひとりで座っている二十半ばの男。男が入ったとき、その卓がひとつだけ空いていたのだろう。

「都合がいい」

平助は三太に目顔で言い、その小上がりの卓に向かった。そして、雪駄《せった》を脱ぎ、平助は男の隣、三太は向かい側に座った。

男が鋭い目をくれ、立ち上がろうとしたのを、平助は男の肘《ひじ》をつかんだ。

「動くな。動くと、腕の骨が折れるぜ」

平助は低い声で言う。

「痛え。なんだ、てめえは？」

男が平助と三太の顔を交互に見た。

「静かにしろ」

平助が指に力を入れると、うっと男がうめいた。

「なににいたしましょう」

小女が注文をとりに来た。

「一本、つけてもらおうか。あとは海苔《のり》にいたわさ」

三太が小女に注文をした。

小女が不審そうな目を男に向けた。

「姐《ねえ》さん、とりあえず、それだけでいい」

平助は小女に言う。

「はい」

小女が離れてから、平助は男にきいた。

「誰に頼まれたんだ？」

「なんのことだ？」

色の浅黒い顔に、薄い眉。鼻が大きい。

「てめえは、鉄砲洲稲荷になにしに行った？　はっきり言うんだ」

「知らねえな。なんのことかさっぱりわからねえ」

「しらを切る気か」

平助がまたも指先に力を込めた。肘のツボを押さえつけているので、男は身動きも出来ない。

「やい、言わねえか」

三太が男の前から乗り出して問い詰める。

「お待たせしました」

小女が徳利と、小皿に載った海苔といたわさを運んで来た。

「ごくろうさん」

三太が受け取った。

「まあ、一杯呑んで気を落ち着かせろ」

平助は片手で猪口《ちょこ》に酒を注ぎ、男の前に置いた。

「さあ、呑むんだ」

「ふん」

と男が頬《ほお》を歪《ゆが》ませて、猪口をつかんだ。

「聞かせてもらおうか。誰に頼まれて、常夜灯まで金を取りに行ったのだ?」

「……」

「言わなければ仕方ねえ。おめえを大番屋にしょっぴくだけだ」

男は泣きそうな顔になって、哀願するように訴えた。

「待て。待ってくれ」

「しょっぴかないでくれ」

「じゃあ、言うんだ。誰だ？」

「名前はしらねえ。ここで、声をかけられたんだ」

「なに、ここで？」

「そうだ。常夜灯の下に金が置いてある。それを受け取ったらここに来いって」

平助は辺りを見回した。

相変わらず、みなは笑いながら酒を呑んでいる。それらしき男はいない。

「ここにいないのか、その男は？」

「いない」

気づかれたか。

「どんな男だ？」

「三十過ぎの色の浅黒い男だ。目がつり上がって、頬がこけて鋭い顔つきだった。瘦《や》せて背が高かった」

男の話は信用出来るか。

「おめえの名は？」

「栄吉《えいきち》だ」

「おめえはここにはよく呑みに来るのか」

「ほとんど毎日来ている。住まいが近くだからだ」

「ほんとうだな。おい、姐さん」

平助は小女を呼んだ。

ハーイと、小女がやって来た。

「姐さん、このひとを知っているかえ」

平助がきいた。

「はい。知ってますけど」

小女は不審そうな顔を向けた。

「なんていう名だえ」

「栄吉さんです」

「そうか、わかった。ありがとうよ」

「あの、栄吉さんに何かあったのでしょうか」

平助の横で顔をしかめて小さくなって座っているのを、小女は気にしているようだ。

「なんでもない。心配しなくていい」

「はい」

小女は振り返りながら、去って行った。

「どうやら、ほんとうらしいな」

平助は肘を摑んでいた手を離した。

栄吉は肘を手でさすっている。

「おまえに頼んだ男ははじめて見る男か」

「はじめてだ。きのうの夜、ここで呑んでいたら近づいて来て、明日の夜五つに鉄砲洲稲荷の常夜灯の下に金が置かれてあるはずだから、それを持って来てくれと言われた」

「礼金をくれると言ったか」

「三両くれるって」

「三両か。で、またここで落ち合うってことになったのだな」

「そうだ」

「だが、来ないな」

店にはそれらしき男はいない。

栄吉も不思議がっている。もし、ほんものの金だったら、どうするつもりだったのか。それとも、栄吉の住まいを知っていて、あとで住まいまで取りに行くつもりだったのか。

「その男に何か言われていないか」

「いや」

「常夜灯の前で、おめえは中を検《あらた》めたな。なぜだ。そのまま、持って来いって言われたんじゃねえのか」

「違う。すぐ検めろって言われたんだ。もし金じゃなかったら、常夜灯に叩《たた》きつけて来いって」

「そういうわけか」

平助はからくりがわかった。

「平助兄い、そういうわけってなんだ？」

三太がきく。

「近くで栄吉の様子を見ていた者がいたのだ。栄吉の様子を見て、金がないことがわかった。だから、ここに現れないのだ」

「ちくしょう。あの近くにいたのか」

三太は悔しがった。

「栄吉、呑め」

徳利をつまみ、平助は栄吉が差し出した猪口に注いだ。

「俺たちは佐平次親分の手下だ。いいか、もし、その男を見つけたら、近くの自身番を通してでいいから、俺たちに伝えるんだ。いいな」

「へい」

栄吉は頭を下げた。

「邪魔したな」

平助と三太は立ち上がった。

それから半刻（一時間）後に、平助と三太は伊十郎の屋敷にいた。

平助の説明を不機嫌そうな顔で聞いていた伊十郎は、話が終わったあとも口を真一文字に結んでいた。

「旦那がほんものの金を置いたら、黒幕の正体を探り出すことが出来たんですぜ」

脇からここぞとばかりに、三太が伊十郎を責めた。

伊十郎は顎《あご》に手をやってから、

「十両は大金だ。俺だって、そう簡単に作れるわけがない」

と、不貞腐れたように言う。

「でも、あちこちから付け届けがあるんじゃないですかえ」

三太がさらに伊十郎を刺激した。伊十郎の片頬が微《かす》かに痙攣《けいれん》した。それを見て、三太ははっとしたように顔色を変えた。

伊十郎が癇癪《かんしゃく》を起こす寸前だ。

「旦那。ともかく、これからのことです」

平助があわてて話を逸らす。

「金を手に入れられなかった相手はもう一度、金を要求してくるか、あるいは……」

「あるいは、なんだ？」

伊十郎が不安そうな表情できく。

「腹いせに、庄五郎に告げるか」

「ばかな。そんなことをしたって、相手は一銭の得にもならない。もう一度、金を要求してくるに決まっている」

「そうでしょうか」

平助は何かすっきりしない。

「何を考えているのだ？」

「いえ、まだ、はっきりとは……」

平助は小首を傾げてから、気になっていることを確かめた。

「旦那はおしまが庄五郎の妾だとは知らずにつきあったんですね」

「当たり前だ。知っていたら、手は出さねえ」

伊十郎は不快そうに言う。

「おしまと会っているところを見られたとしたら、どこででしょうね」

「おしまの家に入って行くのを見られたのかもしれぬ。それで、俺が出て来るのを待った。だが、なかなか出て来ない。一刻（二時間）以上経ってやっと出て来た。それで、察したのだろうよ」

「そうですね。小銀杏《こいちょう》の髷《まげ》で、着流しに巻羽織であれば、すぐ八丁堀の人間だとわかりますからね」

そう答えたものの、平助はまだすっきりしない。何か見落としか、錯覚があるかもしれない。

平助は腕組みをした。

「おい、平助。何を考えているんだ？」

伊十郎は怯《おび》えたようにきく。

「やはり、まだ、材料不足です。明日、相手が何を言ってくるか待ちましょう」

「そうするしかあるまい」

伊十郎は顔をしかめたが、

「その栄吉って男はほんとうに無関係なのか。栄吉も仲間ってことは考えられないか」

「まず、ないと思いますが……」

平助は言い切れなかった。

あの居酒屋の小女と栄吉はいい仲なのではないか。そうだとすると、ふたりで所帯を持つために金を貯めたいと思うだろう。そんなときに、金になる手伝いを頼まれた。そのとき、もし偽物をつかませられたら、どうするかという話し合いはついていただろう。

「旦那。念のために、栄吉を調べてみます」

「そうだ。そうしろ」

伊十郎は浮かぬ顔で言う。

『駕籠庄』の庄五郎は自尊心の強い男らしい。自分の妾が寝とられたら、いきり立ち、相手が何者であろうが仕返しをする。そんな過激な男のようだ。

これまでにも伊十郎は女のことで何度も大きな失敗をしている。ひと殺しの疑いをかけられたこともある。今度の件も、それに匹敵するぐらいな大きな災難かもしれない。

「旦那もそろそろ落ち着かれたらいかがですか」

平助は忠告した。

「うちの親分もかみさんをもらうんです。旦那だって、いつまでも独り身ってわけにはいかないでしょうよ」

「平助。よけいなことは言うな」

伊十郎は不機嫌そうに顔をしかめた。

「じゃあ、あっしらはこれで。また、何か動きがあったら、知らせてください」

「わかった」

平助と三太は伊十郎の屋敷をあとにした。

夜空に星が瞬いている。

「次助兄いはだいじょうぶだろうか。今夜も旅籠でひとりぽっちなんだと思うと、なんだかかわいそうな気がするな」

三太がしんみり言う。

「次助ならだいじょうぶだ」

あっさり言ったが、じつは平助も気にかかっていた。だが、これも次助のためだ。いつまでも、俺を頼っていてはだめだ、と平助は思っていた。佐助だけでなく、次助も常に平助を頼ってきた。

こんどのことは次助の自立を促すいい機会だと思った。

今夜の泊まりは深谷辺りだろうか。佐助たちとは別々の旅籠で、ひとり床に就く次助のことに思いを馳《は》せた。

早く、次助にもいい嫁をみつけてやりたい。平助は、ふたりにとっては兄であると同時に父親的な存在でもあった。

五

翌朝、明るくなってから、佐助とお鶴は深谷宿を出発した。

すでに、作蔵は出立したようだ。他の旅籠からも旅人が出発して行く。

宿場を出ると、平原が広がり、前方のかなたに山々が見えた。きょうもよい天気だ。

石地蔵の近くにある石に腰をおろし、たばこをすっていたのは作蔵だった。作蔵は行き過ぎる佐助に軽く会釈をした。

「やはり、待っていましたね。なんだか、ずっと見張られているようで、薄気味悪い」

お鶴が眉根を寄せた。

「まあ、きょう一日の辛抱だ。夕方には高崎に着く」

作蔵は高崎から三国街道に入り、越後に帰るのだ。もっとも、作蔵の話が真実ならばだが、どうも信用は出来ない。

行き過ぎてから振りかえると、作蔵が街道に出て、ゆっくり歩き出した。

陽が高くなった頃、本庄宿に差しかかった。大きな宿場で、ここからは下仁田《しもにた》街道や佐久への道が延びている。

本庄の宿場はにぎやかだ。小商いの店にも客の姿がある。

ふと、お鶴が緊張した声で囁《ささや》いた。

「誰かに見つめられているような気がします」

「ほんとうか」

「このまま気づかぬ振りをして行きましょう」

お鶴の言葉に従い、佐助は顔をまっすぐ前に向けて歩いたが、足が震えていた。

宿場を出ると、やがて旅人もまばらになった。すぐ後ろを作蔵がついて来る。そして、その後ろに、ふたりの浪人者と、遊び人ふうの男の姿を見つけた。

ふたりの浪人に遊び人ふうの男の三人は、きのう佐助たちを追い抜いて行った連中だ。妙な取り合わせだから、覚えていた。

「お鶴。作蔵の後ろから、きのうの浪人たちがやって来る」

佐助が言うと、お鶴もすぐに応じた。

「はい。気づいていました」

お鶴が答えたとき、背後に足音が迫った。

「すいません。しばらくごいっしょさせてください」

作蔵が声をかけた。

あの浪人たちは作蔵を追っているのか。

しかし、真っ昼間にひとの往来のある街道で襲うとは思えない。作蔵は佐助の横にぴったとついた。

背後から、浪人たちが近づいて来る。早足だ。

佐助は緊張したが、作蔵も身構えているようだ。やがて、三人は佐助たちを追い抜いて行った。

浪人は笠をかぶった顔をうつむけにしていたので、顔はよく見えなかった。

三人が遠ざかってから、佐助は作蔵に声をかけた。

「いったい何者なんだ？」

「たぶん盗人です。やはりあっしの金に目をつけ、追って来ているんですよ」

「妙じゃないか。わざわざ、旅に出てまでおまえさんを追って来たって、手に入るのは百両だ。江戸で、盗みを働いたほうが得ってもんじゃねえのか」

佐助は疑問を口にした。

「確かに、そのとおりでございますが、奴らには奴らの事情って奴があるんでしょう。じゃあ、あっしはお先に。おかみさん、すいませんでした」

作蔵は足早に離れて行った。

「やはり、おかしいな」

佐助が眉を寄せる。

「あの男、嘘《うそ》をついていますよ」

お鶴が言い切った。

新町《しんまち》宿のそば屋で昼食をとり、佐助とお鶴は再び、歩き出した。

陽は中天から下がってきた。倉賀野《くらがの》宿の常夜灯が見えて来た。ここから日光例幣使《れいへいし》街道が延びている。

高崎まで約一里半(約六キロ)、夕方までにはお鶴の実家に着くだろう。

そこに、腰をかがめながら、手拭いで頬かぶりをした男が近寄って来た。人足のような風体だ。

「江戸の佐平次親分さんでございますかえ」

「どうして、知っているんだ?」

佐助は警戒して問いかけた。

「へえ、あっしは荷役をしている者です。平助さんの使いというひとから頼まれました。烏川《からす》のほうに来てくれということです。どうぞ、ご案内します」

「待て。平助の使いだと? どうして俺たちの先回りが出来たのだ?」

「船です」

「船?」

「南に烏川が流れてまして、なんでも船で先回りをしたってことです。じゃあ、あっしが案内しますので」

そう言い、男は先に立った。

「平助だろうか。平助だったら、よほどの急用だ」

佐助はお鶴の考えをきいた。

「でも、なぜ、使いの者がじかに俺の前に来ないのだ」

佐助は不思議に思ったが、お鶴と目配せし、男のあとについて、街道から離れ、烏川のほうに向かった。

烏川の船便で、各地から集まった品物を江戸に送り届けている。

男が案内したのは賑わっている河岸のほうではなく、河岸から離れた草の繁《しげ》った場所だった。すぐ下に川が流れていた。

「平助の使いは？」

前を行く男に声をかけた。

男が立ち止まった。

「佐平次」

頰かぶりをとって、男が振り向いた。

「あっ、あなたは？」

お鶴が男の前に出た。

動悸《どうき》が激しくなり、佐助は息苦しくなった。だが、お鶴の前では弱みは見せられない。

「おめえたちは忘れただろうが、俺は忘れちゃいねえ。おめえのために獄門台に送られた盗人のうちのひとりよ。思い出せめえ。何人も獄門送りにしているだろうからな」

男が懐から匕首《あいくち》を抜き取った。と、同時に、草むらから浪人がふたり現れた。

「あっ、おまえたちは？」

やはり道中で出会った三人だ。

「旦那。この女をやってくれ。あっしは佐平次をやる」

男は匕首を構えた。

ひぇえと、佐助は覚えず悲鳴を上げそうになったが、なんとか声を呑んだ。だが、恐怖から足が竦《すく》んで動けない。

「この女はいただくぜ」

ごつい顔の浪人がお鶴の体に手を伸ばした。その刹那《せつな》、お鶴は浪人の手首を摑むとひねり上げて投げ飛ばした。

「小癪な」

もうひとりの浪人が抜刀した。

「お鶴」

佐助は怒鳴ったつもりだが、恐怖から声が出ない。目の前に、匕首を持った男が迫って来る。

佐助は震えた。お鶴、助けてくれ。覚えず、叫びそうになったとき、鋭い声が静寂を破った。

「待ちやがれ」

佐助の前に男が立ちふさがった。

あっと、佐助が声を上げた。作蔵だった。

「俺が相手だ。かかって来い」

作蔵が道中差しを抜いた。

「この野郎。邪魔しやがって」

男は匕首を構えて作蔵に飛び掛かった。作蔵は道中差しで、匕首を弾き返した。男が素早く後ろに逃れ、体勢を立て直し、腰を落とし、左手を前に、匕首を持つ手を右腰にあてがった。

「おめえは誰の手下だ？」

作蔵が落ち着いた声できく。

「誰だっていい」

「そんなにおかしらに義理があるのか。死んでしまったおかしらに忠義を尽くしたって仕方ない。そうじゃねえのか」

作蔵がじりじり間合いを詰めながら言う。

「あっちを見てみな。あの始末だ」

作蔵が言うと、男はそのほうに顔を向けた。

佐助もつられて見ると驚いたことに、お鶴は何事もなかったかのように立っていて、傍らで、ふたりの浪人が腕を押さえてうずくまっていた。

「もう佐平次親分を付け狙わねえっていうなら、見逃してやる。だが、まだ襲うというなら、容赦はしねえ。まず、二度と匕首を持てねえように、右腕を落としてやる。どうだ」

作蔵が道中差しをつきつけて迫った。

「わかった」

男は観念したように構えを解いた。

「よし。いいか、二度と現れるんじゃねえ」

作蔵が道中差しを鞘《さや》に納めた瞬間を狙って、男が匕首を腰に構えて作蔵に体当たりをしてきた。

作蔵は体をかわすや、道中差しを抜いて相手を斬りつけた。男の右肩から血が噴き出した。佐助はぎょっとした。

いつの間にか、浪人は姿を消していた。

「あっしがこの宿役人にうまく話をつけておきやす。どうか、佐平次親分はこのままお立ち退《の》きください」

作蔵が佐助に言う。

「助けてもらったのに、このままというわけにはいかない」

「いえ、じつはお話ししたいことがあるのですが、ここは一時も早く、立ち退いたほうが面倒を免れます。あとで、必ずお話しに上がります」

「わかった。そうしよう。俺は高崎にいる」

佐助が言うと、お鶴が近づいてきて、

「高崎に『若松屋』という店があります。そこに、しばらく逗留《とうりゅう》しますから」

と、作蔵に教えた。

「わかりました。さあ、どうぞ」

佐助とお鶴はその場から足早に立ち去り、再び街道に出た。そのとき、日光例幣使街道から馬に乗った侍が宿場に向かった。

かなり、急いでいるようだ。

ふたりは先を急いだ。

第二章　絶体絶命

一

その日の夕方に、佐助とお鶴は高崎に着いた。

お城が見える。松平氏の御城下である。

目を転じると、かなたに山が見える。

「あれは榛名《はるな》山、こっちのほうに信濃の浅間が見えます」

見とれていると、お鶴が説明した。

「いよいよ高崎か」

薄暗い空に微《かす》かに見える稜線《りょうせん》に心を奪われながら、佐助は感慨深げに呟《つぶや》いた。

あら町、田町、本町と過ぎる。高崎は城下町であり、宿場町であったが、高崎宿には本陣も脇本陣もない。すなわち、大名は高崎で宿泊することなく素通りするのだ。

宿場の外れに、お鶴の実家があった。

間口の広い大きな家だ。表向きはひと入れ家業であり、香具師《やし》であり、荷物の運搬や工事人足の派遣などを行っているが、もともとは博徒だったと、お鶴は家業について語っていた。

数人の若い衆が戸口に立っていた。お鶴の到着を待っていたようだ。皆、筋骨隆々のたくましい体をしている。

「お帰りなさい」

顔が長く、やさしそうな目をした四十年配の男が迎えた。たぶん、長谷川町の家にお鶴を訪ねて来た馬《うま》の助《すけ》という名の男だ。お鶴の父親がもっとも信頼している子分だということだ。

「馬の助。こちらが、佐平次親分です」

「お嬢さんがお世話になっております。あっしは馬の助と申します」

「佐平次です。長谷川町の家に来てくだすったんですよね」

佐助は頭を下げる。

「はい。お目にかからずに失礼しました。さあ、どうぞ」

ふたりの若い男が濯《すす》ぎの水を持って来た。

足を濯ぎ終えて、佐助とお鶴は馬の助の案内で、内庭の見える廊下を渡り、奥の部屋に向かった。

「お父っつあんの具合は？」

お鶴が馬の助にきいた。

「不思議なことに、お嬢さんが帰って来ることになってから、見違えるように元気になっておりますよ。いまでは、ふとんの上ですが、起きているほうが多いぐらいです」

「そう。よかった」

「じつは、岩鼻村から秀六《しゅうろく》さんがおいでなんです」

「えっ、叔父《おじ》さんが来ているの」

「へえ、さっきからふたりでなんだか話し込んでいます」

馬の助が立ち止まった。

「親方。お嬢さんがお帰りになりました」

障子の外から、馬の助が中に声をかけた。

「おう、帰ったか。入れ」

嗄《しわが》れ声が聞こえた。

馬の助が障子を開ける。すぐに、お鶴は部屋に入り、佐助も続く。

五十近い痩《や》せた男がふとんの上に胡座《あぐら》をかいて座っていた。寝たり、起きたりしているのだろう。その傍らに二十七、八の色っぽい女がいた。

「お父っつあん、お久しぶりです。ただいま帰りました」

「よく、帰って来てくれた」

お鶴の父親は目をしょぼつかせた。

目の下に隈《くま》が出て、頬《ほお》が弛《たる》み、顔色は悪いが、眼光は鋭く、若い頃はきりりとした顔だったろうことをうかがわせた。

「具合はどう？」

「ああ、ここんところいい。医者の話では、来春には床を離れられると言っていた」

「そう、安心しました」

お鶴はうれしそうに言ってから、

「おつなさん。いつもお父っつあんの面倒をみてくだすってありがとうございます」

「いやですねえ。血はつながらなくとも、私たちは母娘なんですよ」

おつなが笑って応じる。後妻なのだ。お鶴とはあまり歳の差がない。

「お父っつあん、佐平次親分です」

改めて、お鶴は佐助と父親を引き合わせた。

「佐平次にございます」

佐助は畳に手をついて挨拶《あいさつ》をする。

「お鶴の父親の秀蔵《しゅうぞう》です。佐平次親分の噂《うわさ》は聞いておりますよ。噂に違《たが》わぬ男っぷりだ。噂は間違ってはおらんな」

「恐れ入ります」

「よく来てくだすった。ゆっくりしていってくださいよ」

「ありがとうございます」

佐助は畏《かしこ》まって言う。

「お鶴。久しぶりだな」

「秀六叔父さん、お達者で」

「うむ。お鶴も元気そうでなにより」

秀六は佐助に顔を向け、

「佐平次親分。叔父の秀六だ」

と名乗った。

「佐平次にございます。どうぞ、よろしくお願いいたします」

佐助は挨拶する。

「兄き。ここで佐平次親分に会ったのも何かの縁じゃねえか」

秀六が秀蔵に言った。

「お父っつぁん、叔父さん。なんのことですか」

お鶴が不安そうな顔をふたりに向けた。

「うむ」

秀蔵は気難しい顔をした。

「じつはな、ちょっとたいへんなことになったんだ」

秀六が口を開いた。

「いや、明日にしよう。江戸から着いた早々にこんな話をするのは気が引ける」

佐助は何かいやな予感がした。いやな予感はたいてい当たるものだ。佐助は救いを求めるようにお鶴に目をやった。

「叔父さん、たいへんなことって? 気になるから仰《おつしや》ってください」

お鶴が催促をした。

「わかった。じつはこういうことだ」

そう言い、秀六が話しはじめた。

「去年から上州と野州《やしゆう》で荒らしまわっている天狗面《てんぐめん》という盗賊がいる。一味はみな天狗の面をかぶっているのだ。奴らは残虐で、押し込む先で平気で人を殺す」

「天狗面……」

佐助は背筋を寒くした。

「ひと月前、日光例幣使街道の八木宿で、その土地の大尽の屋敷が襲われた。母屋にいた家族五人が殺された。もちろん、女、こどもとて容赦はない」

「ひどい」

お鶴は悲鳴を上げた。

「ところが、三日前、八州廻りが天狗面の一味を捕まえたのだ。捨三《すてぞう》という男だ」

八州廻りは八州取締出役というのが正式な名である。関八州とは武州、相州、上州、野州、常陸《ひたち》、房州、上総《かずさ》、下総《しもうさ》であるが、上州、野州が事件がもっとも多かった。

「捨三は岩鼻陣屋にとらわれている。だが、日光例幣使街道で、倉賀野宿に向かう怪しい連中が目撃されている」

岩鼻陣屋は八州廻りの拠点になる場所だった。

「さっき、代官所の手付《てつき》が陣屋に駆け込んだ。天狗面が仲間の捨三を助けるために、陣屋を襲うかもしれないと知らせて来たのだ」

佐助は倉賀野宿で走り去った馬の侍を思い出した。あれは代官所手付だったのかもしれない。

「八州さまは、この機会に天狗面をいっきに捕まえようとしている。だが……」

秀六は顔をしかめた。

「奴らとてばかじゃない。まともに陣屋には向かって来ない。おそらく、近場のどこかで押し込みをやる。その探索に出払った隙《すき》に乗じて陣屋を襲うのではないかと、代官所ではみている」

「近場というと？」

お鶴は眉根《まゆね》を寄せてきいた。

「ここ高崎も可能性がある。捨三を拷問して聞き出したところによると、次の狙《ねら》いはもともと高崎の豪商の家だと決まっていたらしい。おそらく、押し込みと捨三の奪還を続けて行うのではないかと代官所では見ている」

「まあ」

お鶴の緊張した声に、佐助も覚えず握り拳を作った。

「じゃあ、こっちの町奉行所にもそのことを伝えに？」

「いや、代官所ではその気がない」

「その気がないというのは？」

「天狗面は八州廻りで捕まえたいらしい」

「なんですって。この御城下のどこかが狙われているかもしれないのに、町奉行所には知らせないのですか」

お鶴が抗議をするように口をはさんだ。

「そうだ。高崎が標的かどうかわからないということもあるが、八州さまは、陣屋にひとを集め、天狗面が狙って来たところを一網打尽にしようとしている」

「つまり、高崎の町家が襲われても、八州廻りは出ていかないというのですね。見捨てると？」

佐助が震える声で口をはさんだ。

秀六は渋い顔で言う。

「そういうことになる」

秀六が八州廻りとどういう関係にあるのか不思議に思っていると、お鶴が察したように説明した。

「叔父さんは、八州さまの案内人を務めているんです」

なるほど、そういうわけかと、佐助は合点した。

八州廻りは天領だけでなく、藩領、旗本領、寺社領などに自由に踏み込んで探索出来る。そのために各地に地元の人間を案内人として雇っている。だいたい、博徒上がりが多い。秀六も博徒なのだろう。

「高崎のことは我らで自衛しなくてはならないのだ。そこで、佐平次親分のお力をお借り出来たらと思うのです」

秀六が佐助に向かい、

「どうか、お願い出来ますまいか」

と、真剣な眼差しで言う。

「私からもお願いする。このとおりだ」

秀蔵も頭を下げた。

とうてい断れる雰囲気ではない。

「私でお役に立てることでしたら」

佐助はそう答えざるを得なかった。

「出来たら、佐平次親分の手で天狗面の一味を捕まえて欲しい。そしたら、世間のわしらを見る目も変わってこよう。どうか、佐平次さん、しっかり頼みます」

秀蔵が言うのに、お鶴が反発した。

「お父っつあん。天狗面の押し込みを防ぐってことでしょう。いまのお父っつあんの言い方だと、まるで佐平次親分が天狗面を捕まえるみたいな……」

「お鶴」

秀蔵が口をはさんだ。

「出来たら、佐平次親分には天狗面を捕まえる手柄を立てて欲しい。そしたら、身内の者も佐平次親分をお鶴の婿として正式に認めるだろう」

覚えず、えっと佐助は声を上げそうになった。ということは、まだ、お鶴とのことは許してもらえていないのか。

「お父っつあん。私は佐平次親分のおかみさんになります」

「いいか。お鶴の婿は強く、才覚のある優れた人間じゃなければ、みなは承知しねえ。俺がいくら佐平次親分を認めても、親戚の連中がふたりのことを許してくれなきゃどうしようもないんだ」

「そんな」

お鶴の反発の声を無視し、秀蔵は佐助に言う。

「佐平次親分。お聞きのとおりだ。お鶴の婿にふさわしい男かどうか、どうぞ見せてやってください」

そう言ったあと、秀蔵は羽織を脱ぎ、

「疲れた。少し、休ませてもらうよ」

と言い、横になった。

廊下に出たとき、長身の男が立っていた。

「あっ、兄さん」

「お鶴、帰ったか」

眉毛が濃く、鼻筋の通った男だ。佐助と同い年ぐらいか。

「兄さん。佐平次親分です」

「佐平次です」

佐助はすぐ挨拶した。

「秀太郎《しゅうたろう》です」

そう言っただけで、秀太郎はお鶴に顔を向け、

「お父っつあんに用があるから」

と、秀蔵の部屋に入って行った。

佐助は自分にあてがわれた部屋に入った。お鶴とは別の部屋だ。

「別々か」

佐助は落胆して言う。

「ごめんなさい」

お鶴も申し訳なさそうに言う。

「いや、いい。それより、天狗面のことだ」

「はい」

「この高崎の町家を狙うとすると、どこか心当たりがあるか。おそらく、天狗面は豪商と呼ばれる家のひとつに狙いをさだめるはずだ」

「上州は絹織物が盛んなのです。それで財をなしたひとはたくさんいます。明日、町を歩いてもらえばわかりますが、土蔵のある大きな家が至るところにあります。でも、しいて三つ上げれば、たくさんの織り姫を抱えた機織《はたおり》業の『赤城屋』、特産の絹織物を京都や江戸に輸送する飛脚屋『相馬屋』。それから、酒問屋の『信州屋』でしょうか。上質な信州米が入って来るからでしょうか、高崎には酒造屋が多いのです」

お鶴から高崎の様子を聞きながら、佐助はだんだん心細くなった。天狗面という押し込み一味を捕まえるなんて、俺には無理だ。

「お鶴。これからどうなるんだろう」

佐助は気弱そうに言う。

「だいじょうぶですよ。天狗面が高崎に狙いを定めているとは限りませんし、万が一、捕まえることが出来なくても、親分はここで暮らすわけじゃありません」

「それはそうだが、お鶴の肩身が狭くなるんじゃないかと思ってな」

「私のことなら心配無用ですよ」

お鶴は笑みを浮かべて佐助をなぐさめた。

「そろそろ、宴《うたげ》がはじまりますよ。私たちを歓迎してくれるそうだから」

お鶴の手に引かれるように、佐助は部屋を出た。

内庭の植込みの上に月が出ていた。ふいに江戸のことが脳裏を掠《かす》めた。

二

翌朝。平助が三太といっしょに朝飯を食べていると、伊十郎がやって来た。

「おや、旦那。朝飯は？」

おうめ婆さんがきいた。

「頼む」

伊十郎は遠慮なく答える。

「はい」

おうめ婆さんが台所に立った間、伊十郎が小声で言った。

「きのう一日待ったが、何も言って来ない」

「諦《あき》めたんですかね」

三太が口に飯をほおばったままきく。

「それならいいが……」

伊十郎は憂鬱《ゆううつ》そうな顔で呟く。

「まさか、庄五郎に告げるってことはないと思うが、気になる。平助、すまねえが、庄五郎のところに行って、様子を見て来てくれねえか」

「なんっていうんですね？　井原の旦那のことで参りましたって言うんですかえ」

平助はすっかり滅入《めい》っている伊十郎を冷たく見た。

「そんなことは言えねえ」

「庄五郎のところに行ったって無駄ですよ。それより、もう一日、待ってみましょう。何か、言ってくるかもしれませんぜ」

「そうだな」

伊十郎は小さく頷《うなず》く。

「朝から、ずいぶん辛気臭いじゃないですか。いったい、どうしたって言うんですか」

おうめ婆さんが伊十郎の膳を運んで来た。

「婆さん、すまねえな」

伊十郎は飯を盛った碗を受け取った。

おかずは煮物の残りと小松菜、それにおつけだけ。

いつもはしけていやがるとけちをつけるのだが、伊十郎は黙って食いはじめた。

きのう、平助も念のために栄吉を問い詰めたが、誰も近づいてこなかったという。

だが、このまま諦めるはずはない。

すぐに反応を見せないのは、余裕を見せることで、伊十郎に無言の威圧を与えようとしたのかもしれない。もし、そうだとしたら、その目的は効き目があったようだ。

伊十郎はすっかり塞《ふさ》ぎ込んでいる。

飯を食い終わってから、おうめ婆さんが台所に立ったあと、平助は声をかけた。

「旦那。おそらく、きょうにも何か言ってくると思いますぜ。何を言ってくるか、わかりませんが、今度は命じられたとおりにしてください」

「おそらく、今度はだいぶ吹っ掛けてきやがるな。二十か三十か」

「五十両かもしれませんぜ。だって、騙《だま》されたって憤っているでしょうからね。腹いせもありますからね」

三太が真顔で口をはさんだ。

「五十両だと」

伊十郎が目を剝《む》いた。

「五十両がどうかしたんですか」

おうめ婆さんが台所から顔を覗《のぞ》かせた。

「婆さん。馳走《ちそう》になった」

伊十郎がいきなり立ち上がった。

「俺はいったん屋敷に帰る。昼ごろ、念のためだ、屋敷に来てくれ」

「わかりやした。あっしたちはもう一度、栄吉のところに行ってみます」

「うむ。頼んだぜ」

やがて、格子戸の閉まる音がし、伊十郎は引き上げて行った。

「井原の旦那。そんなに悪い病なのかい。なんだか、元気がないみたい」

おうめ婆さんが心配顔で言う。

「病いというよりあの旦那だって、たまには悩むことだってあるんだろう」

三太が笑いをこらえて言う。

「悩みってまさか、また悪い女に引っかかったんじゃないでしょうね」

「おうめ婆さんは勘が鋭い」

三太が感心した。

「だって、あの旦那の悩みはいつもそんなことじゃないのさ」

「違いねえ」

「おい、三太。まだ、旦那がいるかもしれねえぜ」

平助が口をはさむ。

「えっ」

三太が飛び上がった。

ときたま、伊十郎は帰った振りして、こっちの話を聞いていることがある。

三太は玄関まで様子を見に行った。

「平助兄い。おどかしっこなしだ」

ほっとしたように三太が戻って来た。

「じゃあ、出かけるか」

平助は立ち上がった。そのとき、格子戸が開く音がした。誰か来たようだ。

「ごめんなさい。こちら佐平次親分のお住まいでいらっしゃいますか」

　三太が出て行き、すぐに戻って来た。

「栄吉ですぜ」

「よし」

　平助が出て行くと、土間に栄吉が立っていた。

「あっ、どうも」

　平助の顔を見て、栄吉は軽く頭を下げた。

「栄吉か。なにかあったのか」

「へい。じつは例の男がゆうべあっしの前に現れました」

「あの居酒屋でか」

「そうです。また、文を預かりました。明日の朝早く、八丁堀の井原伊十郎の屋敷に届けろというので、さっき井原さまのところに行って来ました。でも、留守でしたので、家来のひとに預けて来ました」

　どうやら、伊十郎とは入れ違いになったようだ。

「文の中身は見たか」

「いえ、見ちゃいません」

「わかった。ごくろうだった」

栄吉が引き上げたあと、平助と三太は立ち上がった。

その日の昼下がり、平助と三太は京橋を渡り、尾張町を過ぎて新橋に差しかかった。だいぶ前方を、伊十郎がひとりで歩いて行く。

栄吉の知らせを受け、平助と三太は伊十郎の屋敷に向かった。すでに、伊十郎は一足先に屋敷に帰り、文を見ていた。

その文の指示どおり、伊十郎は芝神明町に向かっている。

用心して伊十郎からそうとう離れてついて行っているので、ときおり、伊十郎の姿が見えなくなる。だが、行き先はわかっているので、心配はなかった。それより、伊十郎をつけている人間がいるかどうか、そのことに注意を配った。

最初から伊十郎をつけていると考えるより、途中で待ち伏せし、それから尾行するのではないか。そう思っているので、新橋を過ぎてから、ますます伊十郎の背後に注意を向けた。

露月町《ろうげつちょう》を過ぎてから、平助と三太は足早になって伊十郎との距離を詰めた。

いよいよ、伊十郎は神明町に入った。文の指示は奇妙なものだった。神明町にある酒問屋『大野屋』に入り、主人に会って身分を名乗ったあとで、『何か隠していることはないか』と声をかけろというものだ。そして、付け届けの金をもらえと付け加えてあった。さらに、訪れる店が列記してあり、全部で五つ。

同じ神明町にある料理屋『多賀屋』、蠟燭《ろうそく》問屋の『増屋』、浜松町にある古着屋『越前屋』、そして最後に宇田川町にある仏具店『光来屋』。

まず、最初に伊十郎は酒問屋『大野屋』の店に入った。

誰も見張っているような人間がいないのを確かめて、平助は『大野屋』の店先に立って、中を覗いた。

間口が広く、大勢の前掛けの奉公人が立ち働いている。広い土間の端に、酒樽《さかだる》が積んである。

帳場の近くで、伊十郎は主人らしい男と話している。やがて、主人らしい男が懐紙に包んだものを伊十郎に渡すのが見えた。

伊十郎がこっちに向かって来たので、平助はすぐその場を離れた。

それから、伊十郎が次々と、指示のあった店を訪れた。

最後の店を出てから、伊十郎は帰路についた。その間、怪しい人間はいなかった。

新橋を渡り、尾張町にさしかかったところで、平助は伊十郎に声をかけた。

「旦那。どうでした？」

「一軒、五両だ」

ひと通りが多く、小声で話さねばならない。

「じゃあ、全部で二十五両ですかえ」

三太が驚いて言う。

「小細工をしやがって」

平助は苦い顔をし、

「旦那。屋敷に帰ると、文が届いているはずだ。少なくとも、この金を含めて三十両、いや、五十両かもしれねえ」

「ちくしょう。こうなったら、金を渡すとき、とっ捕まえるんだ」

伊十郎は顔を紅潮させた。

「無理でしょう。相手もその点は十分に用心しているはずだ。とりあえず、要求どおり金を渡すしかないでしょう。それがいやなら、旦那のほうから庄五郎に一切を打ち明けるべきですぜ」

「いや、庄五郎が許すはずはねえ。奉行所にねじ込み、おしまを叩《たた》き殺す。奴はそんな男だ。普段は柔和なくせして、いざとなると一変する。不気味な男だ」

伊十郎は苦渋に満ちた顔をした。

「ともかく、屋敷に急ぎましょう」

京橋を渡り、そして、楓川《もみじ》を越えて、八丁堀に入った。

屋敷にたどり着くと、若党がすぐに文を伊十郎に渡した。

「なんて言ってきたんですかえ」

三太が覗く。

「五十両をおしまに持たせて、明日の暮六つ（午後六時）に神田川にかかる柳橋に立たせろと書いてある。ふざけやがって」

「旦那。どうしますね。また、要求をはねつけますか」

平助がきく。

「仕方ない。渡すしかないな。だが、五十両とはべらぼうな要求だ」

伊十郎は不快そうに言う。

「やっぱし、あんとき、十両をちゃんと出していればよかったんですよ」

三太が口惜《くや》しそうに言う。

「いや、そうでもなさそうだ」

平助は疑問を口にした。

「平助。どういうことだ？」

「あんとき、十両をちゃんと渡したとしても、新たな要求として芝の大店《おおだな》参りをさせたに違いありませんぜ」

「ちくしょう。はじめから狙いは五十両か」

伊十郎は拳を握りしめた。

「ともかく、五十両を用意して、おしまさんに預けなきゃなりませんぜ。五十両、出来ますかえ」

「なんとかしなきゃならぬ」

伊十郎はため息をついて言った。

ともかく、明日の夜だ。おしまから金を受け取った男のあとを、見逃さずにつけなければならない。

「では、旦那。明日の暮六つよりだいぶ早い時間から柳橋を見張っています」

「うむ。頼んだ。俺はこれから、おしまのところに行って事情を話す」

「わかりました。じゃあ、あっしらはこれで」

平助と三太は伊十郎の屋敷を出た。

「いったい、何者なんですかえ。天下の八丁堀同心を脅すなんて、ずいぶん無茶するようじゃないですか」

屋敷を出てから、三太がきいた。

「それより、なぜ、井原の旦那が狙われたのか」

「そりゃ、庄五郎の妾《めかけ》に手を出したからじゃないんですかえ」

三太は嘲笑《ちょうしょう》のように口許を歪《ゆが》め、

「ほんとなら金を払わず、庄五郎にこっぴどくとっちめられたほうが、旦那のためじゃないんですかえ。このままじゃ、あの旦那のことだ。また、何か失敗をしでかすかもしれませんぜ」

「そうだな」

「佐平次親分や次助兄いが今度の件を知ったらなんて言うでしょうかねえ。やっぱし、自業自得だっていうでしょうね」

「三太。明日は抜かるな。井原の旦那に落ち度があるとはいえ、奴らは井原の旦那を利用して、大店から金を出させた盗人《ぬすっと》だ。許すことは出来ねえ。いいな」

「ああ、わかっている。必ず、とっ捕まえてやる」

三太が気を引き締めるように力み立った。

「だいぶ陽が傾いたな。明日こそはしっかり町廻りをしなくちゃならねえな」

伊十郎のおかげで、町廻りもしていない。各町の自身番に寄ってなにか問題が起きていないかきいてまわらねばならない。

「次助兄いは、もう帰って来るんですかねえ」

三太が恋しそうに言う。

「次助次第だ」

そのことは次助に任せてある。佐助はもうお鶴の家に着いているはずだ。そのまま次助は江戸に帰って来るか、しばらく留まり、佐助やお鶴の様子を見るか、次助の考え次第だ。

そもそも、次助に佐助たちのあとをつけさせたのも、佐助の警護という名目を与えたが、実際は次助にも自立の機会を与えるためだ。

三兄弟がこうしてばらばらになったのははじめてだ。平助が長崎に行ったときも、佐助と次助はいっしょだったのだ。

次助、ひとりで寂しい思いをしているのか。もし、寂しかったら、佐助のところに顔を出してもいいんだぞ。平助は心の内で叫んでいた。

三

翌日、きょうも佐助はお鶴といっしょに出かけた。

きのうから、佐助はお鶴の案内で、高崎城下を歩いた。

お城は烏川沿いにある。三層の天守に、東西南北に櫓《やぐら》があった。天守の向こうに白い雲がたなびいていた。

諸国から商人や職人などたくさんのひとが集まり、牛馬も行き交い、町の賑《にぎ》わいは江戸と変わらない。

本町の酒問屋『信州屋』も活気に満ちており、人びとの顔も明るい。月に何度も市が開かれ、祭りなどの行事も多く、七月の諏訪《すわ》大明神の祭礼では境内でからくり人形や浄瑠璃《じょうるり》などが演じられるという。

上州は絹で栄え、暮らし向きはだいぶ豊かだった。お鶴の父秀蔵はそういった商家の旦那衆を相手に賭場《とば》を開いているのだ。

京や江戸から絹商人がやって来たり、こっちの人間が出かけて行ったりするので、京や江戸の文化がたくさん入り込んでいる。

ふと、またも誰かに見つめられているような視線を感じ、佐助は振り返った。だが、行き交うひとの中に、怪しいひと影はない。

「どうしました？」

お鶴がきいた。

「誰かに見られているような気がしたのだ」

まさかと、佐助は思った。倉賀野宿で襲って来た男の仲間がつけ狙っているのではないか。そんな不安に襲われた。

「そういえば、作蔵というひと、現れませんね。どうしたというのでしょうか」

「そうだ。あの男、倉賀野の宿役人に話をつけると言っていたが、そこで何かあったんだろうか」

「あのひと、越後の商人と言ってましたけど、違いますね」

「ああ、商人にしては修羅場に慣れている。いったい、何者なのか」

作蔵のことを気にしていると、前方から、絹の着物に羽織、腰には鮫鞘《さめざや》の長脇差を持った男が供を従え歩いて来た。ずいぶん派手な出《い》で立ちだ。三十半ばぐらいだろうか。

お鶴の顔を見て立ち止まった。

「お鶴さんではないですか」

男が声をかけたが、射るような視線を佐助にちらっと向けた。

「ご無沙汰しております」

「いつお帰りでしたか」

「一昨日の夜です」

「そうですか。そのうち、お誘いにあがりましょう」

男は、またもちらっと佐助に目をやった。

「失礼」

そう言い、男は悠然と去って行った。

「あれは？」

「『相馬屋』の二代目沢太郎《さわたろう》さんですよ」

「飛脚屋か」

『相馬屋』は連雀町《れんじやくちよう》にある。宿場の問屋場は人馬の継立《つぎたて》、すなわち旅人の荷物の輸送を行うところだが、もうひとつ飛脚の仕事もあった。幕府公用物を運ぶ継飛脚が大きな仕事である。

だが、『相馬屋』が運ぶのは主に絹織物と金と書状である。馬に荷を積み、あるいは荷車を引っ張って隊を組んで荷物を京や江戸に運ぶのだ。

先代がこの仕事に乗り出し、あっという間に豪商に成り上がったのだという。もっとも、客を奪うなどの強引なやり口に評判は芳しくないと、お鶴は話した。

沢太郎の背中を見送っていると、佐助の目に飛び込んだ男の姿があった。

「あれは作蔵さんだ」

作蔵も佐助に気づいて、近寄って来た。

「佐平次親分。おかみさんもごいっしょで」

「作蔵さん。現れないので心配していたんですよ」

「へえ、すいません。あれから、宿役人に話をし、男の亡骸《なきがら》はていねいに葬ってもらいました」

「そうですか。その節は助かりました。でも、作蔵さん。おまえさんはただの商人じゃありませんね」

「へえ、そのとおりで」

作蔵が素直に認めた。

「こんなところで立ち話も出来ませせぬ。もし、よろしければ、近くの茶店にでも」

作蔵はお鶴にも目を向けた。

「わかった。そうしましょう」

佐助は作蔵といっしょに寺の門前にある茶店に入った。

奥の赤い毛氈《もうせん》の腰掛けに座り、茶を頼んでから、作蔵が口を開いた。

「ご推察どおり、あっしは越後の商人なんかじゃありません。じつは、同心の井原伊十郎さまから頼まれたものでございます」

「井原の旦那から？」

「へえ。今度、佐平次親分が旅に出る。ついては、恨みから佐平次を狙う者がいるかもしれないと、あっしについて行けと命じられたのです」

半信半疑で、佐助はきく。

「井原の旦那からおまえさんのことを聞いたことは一度もないが？」

「そうでございましょう。井原の旦那には、あっしらのような者があと二、三人はいるんじゃないでしょうか。もっとも、あっしは井原の旦那だけでなく、他の同心の手伝いもしますがね」

作蔵はよどみなく話す。

「そうか。井原の旦那がつけてくだすったのか」

佐助は胸に温かいものが流れ込んだような気がした。ひとに働かせてばかりいて、自分は酒と女に夢中になり、それでいて手柄はひとり占め。おまけに手当てが少ない。そういう悪い印象しかなかったが、ほんとうはやさしいひとなんだと、佐助は伊十郎を見直した。

「そういうわけでございます。まあ、この御城下にいる限りは心配ないと思いやすが、しばらくあっしもこちらに滞在しております。何かあったら、声をかけてください」

婆さんが茶を運んで来た。

三人の前に置いて、婆さんが去ったあと、佐助はきいた。

「宿は?」

「『谷野屋』というところに泊まっていやす。ところで、佐平次親分はいつまでこちらにご滞在の予定でございますか」

「さあ、いつまでになるか」

佐助は戸惑い顔になった。

「ある仕事が済まないと帰れないんだ」

「仕事っていいますと? 毎日、町中を歩き回っているようですが、何か?」

作蔵が興味を示したようにきいた。

「やはり、あとをつけていたのは作蔵さんでしたか」

佐助が言うと、作蔵は一瞬眉を寄せ、

「さすが佐平次親分だ。あっしがつけていることに気づいていなすったんですね」

「いや。誰かに見られているような視線を感じただけだ」

「そうですか。それより、さっきの話ですが何かあったのですかえ」

作蔵が熱心にきいた。

佐助はお鶴に目顔で確かめてから、作蔵に言った。

「上州と野州を荒し回っていた天狗面という押し込み一味がいる。八州廻りが懸命に追って、やっとひとりを捕まえた。いま、岩鼻陣屋に閉じ込めているが、天狗面の連中が仲間を取り返そうとしているらしい」

佐助は経緯を説明してから、

「天狗面の一味は近くで押し込みを働き、その混乱に乗じて仲間を救い出そうとするのではないかというのが代官所の見通しらしい」

「それで、ご城下を歩き回っているのですか」

「そういうわけだ。作蔵さんは天狗面という押し込みを聞いたことがありませんか」

「いや。ありません。でも、探ってみましょう」

「そうしていただけますか。助かりますよ。なにしろ、子分は江戸に置いて来ているので、なかなか自由に動けないのだ」

「よございますよ。さっそく当たってみましょう」

作蔵は快く引き受けてくれた。

「ところで、天狗面についてわかっていることだけでも教えていただけませんかえ」

「人数は十人足らず。博徒ではなかったかと思われます」

「小さい頃から剣術を習っていたらしく、かなり腕は立つそうです」

お鶴がつけ加えた。

「わかりました」

茶を飲んでから、外に出た。

「おかみさん。遠慮なくご馳走になります」

作蔵と別れ、佐助とお鶴は『若松屋』に帰った。まだ、夕暮れには間があった。

「お帰りなさいまし」

若い衆がお鶴を出迎える。

「佐平次親分。親方がお待ちかねでございます」

馬の助が玄関に出て来て言う。

佐助はお鶴といっしょに秀蔵の部屋に行った。

秀蔵が起き上がり、おつなはすぐに羽織をきせかけた。

「佐平次さん、毎日出かけているようだが、とんだ頼みごとをしてすまないな」

「いえ」

「どうだね、町の様子は？」

「はい。ひとが多く、活気に満ちあふれて、まるで江戸のような繁盛振りに驚きました」

「うむ」

秀蔵は頷き、

「天狗面のことだが、何かわかったかえ」

「お父っつあん。まだ、三日も経《た》っていないんですよ」

「そりゃそうだが、奴らがいつ押し込みをするか。今夜かもしれないし、明日かもしれないのだ」

「その天狗面ですが、去年から押し込みをするようになったってことですね」

「そうだ」

「いったい、一度の押し込みでどのぐらいの金を盗んでいるんですかえ」

「多いときで七千両。少ないときでも三千両だ」

「どうやって金を運んだんでしょう」

「誰も見たものはいねえ。ひとりずつ千両箱を担いで行ったのかもしれない」

秀蔵はふと佐助の顔つきに気づき、

「佐平次さん。何か気づいたことでも？」

「いえ、そうじゃありません」

佐助は曖昧《あいまい》に濁す。

さっき、金を運ぶ方法のことを言いだしたのはお鶴だった。佐助はただ、お鶴の疑問を代りに言っただけだった。

だが、その質問は秀蔵を満足させたようだった。佐平次なら何かやってくれるという期待を抱かせたようだ。

「佐平次さん。なんとか、お鶴のためにも、手柄を立てて欲しい」

「お父っつあん。そんなの無茶よ。だって、天狗面一味が高崎に現れるかどうかもわからないのよ」

お鶴が抗議をする。

「それはそうだが……」

「お父っつあん、何か隠しているのね」

お鶴は何かを感じ取ったようだ。

「おまえさん。ちゃんとお話ししたほうがよくなくて」

おつなが秀蔵に言う。

「なに、お父っつあん。隠しごとはやめて」

「お鶴。じつはな、若月小太郎《わかつきこたろう》さまが、お鶴をどうしても嫁に欲しいと言って来ているのだ。なんども断ったが、諦めきれないらしい」

「無理です。私は佐平次親分のおかみさんになったのです」

お鶴はきっぱりと言う。

「小太郎さまは、諦めないという」

「どうして、きっぱりとお断りしてくださらなかったのですか」

「お鶴さん」

おつなが顔を向けた。

「もし、お鶴さんが小太郎さまの嫁になれば、『若松屋』は飛脚業として正式に認められ、絹織物を運ぶことも出来るようになるのです」

「そんなこと、私には関係ないことです」

お鶴は強い口調で言う。

「お鶴さん。あなたの決心ひとつで、『若松屋』が『相馬屋』のようになれるのです。親戚筋のほとんどは、お鶴さんは小太郎さまに嫁ぐことを望んでいるんですよ」

「ひどいわ。お父っつあんは私が佐平次親分といっしょに帰って来ることを知っていて、一方ではそんな話を進めていたのね」

お鶴は泣きながら抗議をした。

佐助は唖然《あぜん》とした。これでは、自分は歓迎されざる客ではないか。

「お鶴、違う。佐平次さんも聞いてくれ」

秀蔵が苦しげな表情で訴えた。

「わしは佐平次さんの嫁になることを認めている。ただ、今回のことで手柄を立てれば、親戚筋の佐平次さんに対する見方も変わるだろう。そうすれば……」

「やめて」

お鶴が叫ぶ。

「明日、江戸に戻ります」

お鶴が立ち上がった。

佐助もあわてて立ち上がり、お鶴といっしょに部屋を出た。

佐助の部屋に入るなり、お鶴が佐助の胸にしがみついた。

「お鶴」

佐助も混乱していた。

こんなはずではなかった。これでは、まるでふたりの仲を割かれるためにやって来たようなものだ。

「若月小太郎ってどんなひとなんだえ」

佐助は心を落ち着かせてきいた。

「お父上の若月善右衛門《ぜんえもん》さまは今の藩主の弟君になるのです」

「藩主の弟……」

お鶴にとっては、たいへんな出世になるのかもしれない。実家だって、引き立てられることは間違いない。

博徒に過ぎなかった秀蔵は藩主の一族と縁戚になるのだ。『若松屋』にとってはたいへんな名誉だ。

佐助は頭が混乱して来た。江戸で佐平次親分などと崇《あが》め奉られていても、藩主から比べたら、どこの馬の骨ともわからぬ男に過ぎない。

それに佐平次親分というのは見せかけだけなのだ。実際の佐助は佐平次とは似ても似つかない男だ。

泣き虫で弱虫の情けない男だ。腕力もなく、才覚もない。平助兄いや次助兄いに守られなければ、ひとりで生きていけない男なのだ。

佐助は急に悲しくなった。お鶴の背中を抱きしめながら、佐助は涙をこらえた。

「お鶴。そんなことをしたら、二度とここに帰ってこれなくなる」

「おまえさん、江戸に戻りましょう。こんなところにいても仕方ないわ」

「構いません」

「お鶴の気持ちはうれしい。だが、俺はお鶴の仕合わせを真っ先に考えたい」

「おまえさん、何を言うの？」

お鶴は顔を離し、佐助の顔を下から見上げた。

お鶴の顔は蒼白《そうはく》になっている。

「私は佐平次さんとどこまでもいっしょです」

「お鶴」

もう一度、佐助はお鶴を抱きしめた。お鶴のぬくもりを肌で感じながら、佐助はいまこそ自分の正体を打ち明けるべきだと思った。俺は佐助という名だ。佐平次じゃない。佐平次は平助兄いと次助兄いと三人で作り上げた親分だと。

お鶴は佐助に幻滅し、若月小太郎の妻となることに気持ちが変わるかもしれない。

それが、お鶴のためだ。

「お鶴。俺の話を聞いてくれ」

佐助はお鶴の背中にまわした手に力を込めて切り出した。

と、そのとき障子の外で声がした。

「佐平次親分、お嬢さん、ちょっとよろしいですかえ」

馬の助の声だ。

佐助とお鶴はあわてて体を離し、その場に腰を下ろした。

「どうぞ」

佐助は返事をした。

「失礼します」

障子が開いて、馬の助が入って来た。

跪《ひざまず》いて、馬の助は佐助とお鶴の顔を交互に見てから、

「お嬢さん、さっきの話を真に受けてはいけませんよ」

と、切り出した。

「さっきの話はあくまでも内儀さんの考えであって、あっしたちの考えとは違います」

「違うっていうと？」

お鶴が訝《いぶか》しげにきき返す。

「へえ。あっしたちは誰も、お嬢さんに若月小太郎などのところに嫁してもらいたいとは思っちゃおりません。それは、親方も同じですよ」

「でも、さっき、お父っつあんはおつなさんの言うことに反論しなかったじゃない」

「そのとおりです。でも、親方は若月小太郎などのところにやるつもりはありませんよ。それを画策しているのは秀六さんと内儀さんです」

「叔父さんが？」

「ええ、秀六さんや内儀さんは絹織物を扱う飛脚屋になれば、『相馬屋』のような派手な暮らしが出来ると思っているんですよ。でも、あっしたちは、若月小太郎のような男の手のひらで商売をやるなんて、これぽっちも望んじゃいないんですよ」

「若月小太郎ってどんな男なのですか。藩主の弟の伜《せがれ》だそうですが」

佐助は口をはさんできいた。

「二十八歳ですがね。最初の妻は自害し、ふたり目の妻は離縁しています。どうも、女に対して変な癖があるようで、料理屋の女たちからも嫌われています。見た目はふつうなんですが、常に狂気を秘めている。そんな感じのお方です」

「そうなのか」

佐助はお鶴に確かめた。

「そうです。あのお方はふつうではありません」

お鶴は寒けがしたように体をすくめた。

「佐平次親分。どうぞ、あんな男にお嬢さんをとられねえようにしてくださいまし。お嬢さんのために身を引くことなど考えないでやってくださいましな」

まるで、馬の助は佐助の心を読んだように言う。

「わかりました。馬の助さんの言葉で、あっしも心が決まりました。決して、お鶴さんを離したりしません」

「そのお言葉を聞いて安心しました」

頭を下げてから、馬の助はお鶴に顔を向けた。

「お嬢さん。親方は病気になってからめっきり気が弱くなっているんです。内儀さんの看病を受けているので、きっぱりと断り切れないんですよ。そのことをわかってあげてください」

「ありがとう、馬の助」

お鶴は涙声で礼を言った。

「お嬢さん、とんでもない。そんな礼を言われることじゃありません。どうか、おふたりで仕合わせになってください。じゃあ、あっしはこれで」

馬の助は立ち上がり、部屋を出て行った。

「お鶴。俺は改めて心に決めたぜ。おまえを絶対に離さねえ」

「佐助さん」

「お鶴」

と互いに呼んで、再び抱き合った。

お鶴をいとおしいと思った。どんなことがあっても離さない。

いっときの激情が去ったとき、ふと佐助は頭の隅に何かこびりついているものに気づいた。

その正体を摑《つか》もうとしたとき、佐助ははっとした。

夢中でそのまま聞き過ごしてしまったが、さっき、お鶴は「佐助さん」と呼ばなかったか。いや、そんなはずはない。お鶴は俺の本名を知らないのだ。まだ、佐平次だと思い込んでいるはずだ。

「佐平次さん、どうかしたの」

お鶴が怪訝《けげん》そうな表情をした。

「いや、なんでもない」

お鶴は気づいていないようだ。いや、佐助と呼ばれたように思ったのは気のせいかもしれない。

そうだ、気のせいだと思った。

四

その日の夕方、平助と三太はおしまのあとをつけた。向かうは柳橋だった。行き先がわかっているので、柳橋で待ち伏せてもよかったが、万が一、敵が柳橋に向かう途中におしまに接触し、金を受け取るという可能性を考えたのだ。

おしまは鉄砲洲稲荷の傍らにある稲荷橋をわたって、霊岸島から鎧《よろい》河岸を過ぎ、小網町を抜けた。

おしまを尾行している者はいない。途中、待ち伏せしようにもおしまの通る道順がわからなければ無理だ。

おしまは浜町堀を越えた。行く手斜め左のほうから西陽が射している。

米沢町を抜けて、両国広小路を突っ切り、おしまは柳橋にまっすぐ向かった。とうとう、誰もおしまに近づく者はいなかった。

平助と三太は川岸の柳の陰に身を隠した。

「三太。俺は、浅草側から見張る。ここを頼んだぜ」

「わかった」

平助は柳橋を渡り、おしまのそばを何気なく行き過ぎ、橋を渡ったあと、しばらく行ってから戻った。

神田川をはさんでちょうど三太と向かい合う場所だ。

だんだん辺りは暗くなって来た。橋の上はひとはそれほど通らない。おしまもぽつんと立っている。

両国のほうからひとがやって来た。職人体の男だ。おしまに近づいた。だが、おしまは邪険に手で払う仕種《しぐさ》をしていた。男は何か喚《わめ》きながら橋を渡った。どうやら、酔っぱらいのようだ。

暮六つ（午後六時）の鐘が鳴り出した。暗くなって、おしまの顔もはっきり見えなくなった。ひとの行き来は増えたが、おしまに近づく者はいない。

猪牙舟《ちょきぶね》が橋の下を通った。おしまが下を覗いている。何かあったか。だが、おしまに変化はない。

そのまま、四半刻（三十分）ぐらい経過した。そのとき、両国方面から橋を渡って来た遊び人ふうの男がおしまに近づいた。

男が立ち止まった。おしまが何か言っているようだ。だが、すぐ男は離れた。金を渡したかどうかわからない。

その男は去ったが、おしまから合図はなかった。金を渡したら、合図に手を上げることになっているのだ。

男が橋を渡り切った。そのまま、男は平右衛門町《へいえもんちょう》に向かう。平助は念のために、その男を追った。

蔵前通りに向かって道を折れるかと思ったら、男はいくらも行かず、すぐそばにあった一膳飯屋に入って行った。

平助は引き返した。ちょうど、おしまがその場から立ち去るところだった。おしまが橋を渡り切ったところで追いつき、平助は声をかけた。

「おしまさん。どうしたんだね。金は？」

「渡しました」

おしまが答える。

「渡した？　どうして合図をしてくれなかったんですね」

平助は問い詰める。

三太もやって来て、おしまの顔を見る。

「さっきの遊び人ふうの男です。もうひとり仲間が見ているから、妙な真似《まね》をするなって脅されて」

「じゃあ、金をみすみすとられちまったのか」

三太が素《す》っ頓狂《とんきょう》な声を出した。

「おしまさん。ついさっき通った遊び人ふうの男なんだな」

「そうです」

「わかりやした。仕方ありません」

「でも、これで向こうも何も言って来ないでしょう。じゃあ、あたしはこれで」

おしまは呑気《のんき》に言って去って行く。

「平助兄い。なんですか、あの女。金をとられて悔しくないんですかねえ」

「三太。ついて来い」

「へい」

平助は橋を戻り、平右衛門町の一膳飯屋に入った。

さっきの男は奥の卓に向かい、酒を呑んでいた。客は他に数人いたが、男の周囲にはいなかった。

平助は男の横の樽椅子に腰を下ろした。三太は男の向かいに座る。

「すまねえな。ちょっとききたいんだ」

平助は声をかけた。

「なんでえ」

いかつい顔をした男だ。

「俺は北町の旦那から手札をもらっている佐平次親分の手の者だ」

「これはどうも」

男は急に相好を崩した。

「さっき、柳橋を渡ったとき、女に声をかけたな」

「女？」

男は不思議そうな顔をした。

「へえ。でも、あっしが声をかけたんじゃありませんぜ。あの女から声をかけられたんですよ」

「なんだと？」

真偽を見極めようと、平助は男の顔を見つめた。

「この辺りに、『夢屋』っていう料理屋を知らないかってきいてきた」

「『夢屋』だと」

平助は男の襟首を摑んだ。

「おい、いい加減なことを言うとためにならねえぜ。場合によっちゃ、大番屋に来てもらわなきゃならねえ」

「ほんとうだ。嘘《うそ》なんて言ってねえ。ほんとうに、そうきかれただけだ」

男は真顔で、訴える。嘘をついているようには思えなかった。

「おまえさんの名は？」

平助は念のためにきいた。

「へい。多助《たすけ》です」

「ここにはよく来るのか」

「へえ、住まいがこの裏なもんでほとんど毎日のように来ます」

「そうか。わかった。いい気持ちで呑んでいるのを邪魔してすまなかった」

平助は立ち上がった。

そばで、注文をとりに来た女将《おかみ》らしい女が声をかけられずに立っていた。

「すまねえ。客じゃねえ。このひとに用があって来ただけなんだ」

そう断り、平助と三太は店を出た。

「どうも、妙な具合になってきやしたね」

三太が首を傾《かし》げて言う。

「どうやら、あの女に一杯食わされたかもしれねえな」

「どういうことだ？」

「脅した人間とおしまはぐるだってことだ」

「えっ、じゃあ、橋には誰も金を受け取りにこなかったってことか」

「そうだ。だが、証拠がねえ」

「ちくしょう。あの女」

三太が顔をしかめた。

「ともかく、井原の旦那のところに行ってみよう」

伊十郎は米沢町のそば屋で待っていることになっていた。

両国広小路を突っ切り、米沢町に入る。小商いの店が並ぶ一角に、待ち合わせのそば屋があった。

店に入ると、小上がりの座敷で、伊十郎は酒を呑んでいた。

「ちっ。呑気なものだ」

三太が呆《あき》れたように吐き捨てる。

「おう、どうだった?」

平助がそばに行くと、伊十郎は猪口《ちょこ》を持ったままきいた。

「旦那。まんまとやられました」

「なんだと。また失敗したのか。やい、平助。五十両をみすみすとられちまったというのか」

伊十郎は顔を紅潮させた。

「旦那。声が大きい」

他の客がいっせいに顔をこっちに向けた。

小女が注文をとりに来たので、三太が酒を頼んだ。

伊十郎は声をひそめ、

「男の手がかりは摑めたのか」

と、声を震わせてきく。

「男は現れませんでしたぜ」

「現れない? じゃあ、金はとられてねえんだな」

「いえ、おしまは男に渡したって言ってます」

「なんだと。じゃあ、おめえたちが気づかなかっただけじゃねえか」

「いえ、そうじゃねえ」

「どういうことだ？」

伊十郎がいらだってきいた。

「旦那」

平助は声をさらにひそめ、

「おそらく、おしまと脅迫状の男はぐるですぜ」

「なんだと」

「いいですかえ。おしまには旦那以外に間夫《まぶ》がいるんじゃありませんか。その間夫が旦那を脅迫し、金を得ようとした。金をおしまに持たせたのも、もっとも安全な金の受け取り方法じゃありませんか」

平助は事情を説明してから、

「旦那。思い当たることはありませんかえ」

と、憮然《ぶぜん》たる面持ちの伊十郎にきいた。

小女が酒と猪口を運んで来た。

「そう言えば、はじめて出会ったときも妙だった」

伊十郎は思い出すように言う。

「茅場町薬師の鳥居から出て来たおしまが俺に向かって頭を下げた。だから、声をかけたんだが、あのときの目は色っぽかった。まるで誘い込むようだった」

「おしまが茅場町薬師にお参りに来たことも疑えば疑えますぜ。最初から旦那の帰りを待ち伏せていたのかもしれねえ」

「ちくしょう」

伊十郎は立ち上がった。

「旦那。どうするんです？」

「おしまをとっちめるんだ」

「旦那。落ち着いてくださいな」

平助がなだめる。

「これが落ち着いていられるか」

「まあ、座ってください」

伊十郎は渋々座る。

平助は徳利をつまんで伊十郎の猪口に注いで、

「おしまを問い詰めても、そう簡単に口を割るとは思えません。ここは気づかぬ振りをして、様子を探るんです。そうじゃないと、間夫を逃がしてしまいます」

「うむ。平助の言うとおりだ」

伊十郎が猪口を口に運んだ。

「問題は、どうして狙いを旦那に定めたかってことです」

平助が言うと、三太が口をはさんだ。

「それは旦那が一番、女にだらしなさそうだからじゃ……」

伊十郎の睨《にら》みに遇《あ》い、三太ははっとしたように口をつぐんだ。

「それと、芝の商家です。なぜ、旦那にあの商家をまわらせたのか。あっしらは、明日芝に行って来ます」

「よし。俺はおしまに会って来る」

「旦那。決して疑っていることを気取られてはだめですぜ」

平助は念を押した。

「わかっている」

伊十郎は恐ろしい形相になって、

「ちくしょう。五十両は絶対に返してもらうぜ」

と、口許をひん曲げた。

翌日は朝からどんよりとした空模様だった。

平助と三太は朝飯を食べてすぐに長谷川町の家を出発したので、昼四つ（午前十時）をまわった頃には芝神明町にやって来た。

まず、酒問屋『大野屋』に入った。前掛けをした手代に、

「長谷川町の佐平次親分の手の者だ。すまないが、主人を呼んでもらいたい」

平助がそう言うと、手代は目を見開き、あわてて奥に引っ込んだ。そのあわて振りに、平助は不審を持った。

しばらくして、福々しい顔の主人がやって来た。

「また、今度はどんなご用でございましょうか」

主人が警戒気味にきいた。

「またとはどういう意味だえ」

平助はどうも主人や奉公人たちの目つきが気にいらない。まるで、汚いものを見るような目つきだ。

「いいえ、別に……」

主人の態度ははっきりしない。

「何日か前に、ここに北町同心の井原伊十郎がやって来たな」

「はい」

「そんとき、井原の旦那に五両の金を渡した。間違いないか」

「そのとおりでございます」

「なぜ、金を渡したのだ？」

「なぜと申されましても、私どもは弱い立場でございますから」

「井原の旦那は、『何か隠していることはないか』ときいたそうだな。それをきいて、おまえさんは金を出したと聞いている」

「あの」

主人がおそるおそる口をはさんだ。

「失礼でございますが、あといかほど包めばよろしいのでしょうか」

「どういうことだ？」

平助は主人の対応がおかしいと悟った。

「さっきから聞いていると、まるであっしたちが金をせびりに来たとでも思っているように聞こえるが、違うかえ」

「はい」

主人が頷く。

「なに、そうなのか」

平助は呆れた。

「どうして、そう思ったのだ?」

「佐平次親分のお身内だからですよ」

「佐平次親分がどうしたっていうんですかえ」

三太が堪えきれずに口をはさんだ。

平助は三太を引き止め、

「ご主人。あっしたちはそんなつもりは毛頭ない。そんなことは、佐平次親分がもっとも嫌うところだ」

「でも……」

主人が反論した。

「佐平次親分は私どもだけでなく、あちこちから付け届けをもらっているそうじゃございませんか。いえ、催促しているじゃありませんか」

主人は思い切って言う。

「それは何かの間違いだ。うちの親分はそんなことはしない」

三太が大声を出す。

「でも、この界隈《かいわい》の商家はどこも佐平次親分にお金を渡しています。佐平次親分の縄張りでもないのに、おおっぴらに要求をしているじゃございませんか」

「待ってくれ」

平助はどこかで話が混乱していることに気づいた。

「ご主人。詳しく話してもらいたい。どうも、話に食い違いがあるようだ」

「食い違い？」

主人も何かに気づいたのか、

「どうぞ。こちらへお越しください」

と、帳場の脇の小部屋に誘った。

そこで、主人がとんでもない話をしだした。

「佐平次親分がはじめて店にやって来たのはひと月ほど前です。そのとき、佐平次親分は縄張りは違うが、ときたまこっちに来ることがある。何かあったら、なんでも相談に乗ると仰っていただきました」

途中で三太が何か言いたそうだったが、平助は抑えて、ともかく主人の話を最後まで聞くことにした。

「佐平次親分の評判はこっちまで轟いております。佐平次親分は決して付け届けはもらわないという噂を聞いておりましたが、心づよいお言葉についうれしくなり、一両を包んで差し上げました。すると、黙って受け取りました」

「嘘だ」

「三太。黙っていろ。どうぞ、続けてください」

「はい。それから、十日ほどして、再び佐平次親分がやって来ました。そのときは、特に用があるわけではないのになかなか帰ろうとしません。番頭がお金が欲しいんじゃないかと言うので、また一両を差し出しました」

「黙って受け取ったんだな」

平助が確かめる。

「はい。懐にしまいました。何だか、評判と違うと思いましたが、まあ、仕方ないと思っておりました。そしたら、また十日ほどして現れ、あっしが手札をもらっている北町の同心の井原伊十郎がこの界隈の探索で顔を出す。なかなか、うるさいひとなので、五両ほど包んで渡してもらえないかと」

「ちくしょう。そんなカラクリがあったのか」

「はい。それで、井原さまが現れる日の朝に佐平次親分がやって来て、きょう井原伊十郎がやって来るから例の件、忘れないようにと念を押されました」

「そうか」

平助は舌打ちした。

「ご主人、その佐平次は偽者だ」

「なんですって」

飛び上がったと思えるほど、主人は驚いた。

「でも、女にしたいほどの美貌《びぼう》の持ち主でした。まこと、噂どおりのよい男にございました」

「顔に特徴は？」

「はい。眉が濃く、切れ長の狂気を孕《はら》んでいるような目につんとした鼻。軽く化粧を施し、匂《にお》い袋を持っているのか、よい香りがしました。ちょっと、すさんだ感じはしましたが、よい男に変わりはございません」

「化粧に匂い袋か。うちの親分はそんなものと関係ない。それに、すさんだ感じというのは大違いだ」

平助は言ってから、

「それに、最後にその男がやって来たとき、佐平次親分は上州に旅立っていたのだ」

「げっ。では、あの佐平次親分は騙《かた》りで」

「そういうことだ。いいかえ、ほんものの佐平次親分は金など決して要求しない。もし、今度そいつが現れたら、自身番にしらせるんだ」

「わかりました」

平助は立ち上がってから、

「この界隈のあちこちに偽者は出没しているのかえ」

と、きいた。

「はい。さようでございます」

主人も立ち上がって答える。

主人の見送りを受けて、平助と三太は『大野屋』を出てから、同じ神明町にある料理屋『多賀屋』、蠟燭問屋の『増屋』と続けて訪ねた。

結果は同じだった。偽の佐平次がやって来て、井原伊十郎がやって来ると話していた。そして、浜松町にある古着屋『越前屋』、宇田川町にある仏具店『光来屋』もまったく同じ状況だった。

「ちくしょう。佐平次親分の名を騙るなんて、とんでもねえ野郎だ。許せねえ」

三太は怒りを抑えきれないように顔を紅潮させた。

五

その日の昼過ぎ、佐助は連雀町の『相馬屋』の前を通った。瓦《かわら》屋根に土蔵づくりの大きな家だ。

裏には馬も飼っている。荷物が多いときは、手を組んでいる在郷の馬方の応援を頼むのだ。依頼された絹織物を遠く京や江戸に隊を組んで運ぶ。

お鶴の継母おつなは、『若松屋』をこのような店にしたいのだろう。しかし、佐助はそのことがあって、ここまでやって来たのではない。

天狗面一味が狙うとしたら、どこか。そのことを探りに来たのだ、と言いたいが、それも違う。

きょうはお鶴が親戚の家に呼ばれており、ひとりで家で待つ気にもなれず、外に出て来たのだ。

お鶴のためにも、俺が天狗面を捕まえることが出来れば、いやその手がかりを探り出せれば、お鶴の親戚は俺を認めてくれるだろう。わかっているが、そんなことは不可能だと、佐助は深くため息をつく。

だが、お鶴のためにもなんとかしたい。あんなに俺のことを慕ってくれる女のために、俺は男になりたい。

天狗面がどこを狙うか。それを探り出すのは無理だ。まったく不案内なこの地で、それを探るのはよほどの幸運に恵まれなければならない。天狗面の仲間が、ひとにわかるように下見などするはずはない。

こういうときに平助がいてくれたらと思う。平助兄い、次助兄い、それに三太。元気にしているか。

早くみなのところに帰りたい。おうめ婆さんの食事が恋しい。

連雀町から街道に戻り、あら町のほうに向かう。

諏訪大明神の前に出た。この祭礼のときは、からくり人形や浄瑠璃などが演じられ、香具師である『若松屋』のひとびともいろいろな店を出して、おおいに賑わうところだ。

「佐平次親分」

まったくいつもふいに現れる。作蔵だった。

「作蔵さん。どうかしなすったか」

「ちょっと気になる男を見つけましたぜ」

作蔵は顔を近づけて言う。

「ほんとうですか」

「お城の裏のほうに掘っ建て小屋があります。そこに入って行きました。どうしやすか。すぐに行ってみますかえ」

不安だが、作蔵といっしょなら、安心だ。それに、今は昼間だ。

「案内してください」

「わかりました」

作蔵の案内で、城をまわり、烏川に着いた。この川は倉賀野宿へと流れている。川を遡《さかのぼ》ると、草が生い茂っている中に、小屋が見えた。船頭か漁師の道具をしまってある小屋かもしれない。

作蔵と佐助は草むらに身を隠しながら、小屋の裏手に近づいた。

「ちょっと待っててください」

作蔵が佐助を押し止め、ひとりで足音を忍ばせて小屋に向かった。そして、小窓から中の様子を窺《うかが》った。

作蔵が手で合図をした。

佐助は腰を屈《かが》めながら窓の下にたどり着いた。

「今、誰もおりません」

佐助は小窓から中を覗く。藁《わら》の上にひとが横たわったあとや、碗や徳利が見えた。ここに、ひとがいたことがわかる。

「鋭い目つきの男でしたぜ」

作蔵が言う。

「戻りましょう」

佐助は作蔵を促し、小屋を離れた。

「あっしは、夜になったら、ここに来てみます。奴らの話が聞けるかもしれません。なあに、夜だったら、奴らに気づかれず小屋までたどり着けます。佐平次親分はどうなさいますかえ」

作蔵の目が鈍く光った。

佐助は迷った。万が一のことを考えると、恐ろしい。だが、闇に紛れて近づけば、見つかる心配はない。

いざというときには作蔵がついている。これで、天狗面一味を捕まえる手がかりが得られれば、佐助の評判も上がる。

「わかった。あっしも行きましょう」

「そうですかえ」

作蔵は安心したように言い、

「じゃあ、さっきの諏訪大明神の境内で五つ（午後八時）に落ち合いませんか」

と、言った。

「いいでしょう」

作蔵と約束をし、佐助は『若松屋』に戻った。

まだ、お鶴は帰っていない。別棟の屋敷では、今夜は久しぶりに賭場が開かれるようだ。さっき、若い衆に誘われたが、佐助には博打《ばくち》の才能はない。また、好きでもなかった。

今頃、平助兄いや次助兄い、それに三太はどうしているかと、またも江戸を懐かしんだ。遠く離れていても、常に心の中は平助兄いや次助兄いへの思いでいっぱいだった。

急に、佐助は胸騒ぎを覚えた。このまま、もう平助兄いや次助兄いに会えないのではないか。なんの根拠もないのに、そんな不安が芽生えた。

お鶴はまだだ。せっかくお鶴の実家に来たのに、お鶴と部屋は別々だし、ひとりだ

け放り出されているような気がする。いまは
もっと楽しいと思ったのに、逆だった。自分の味方は馬の助だけのようだ。いまは馬の助の言葉を頼りにするしかない。

夕暮れになって、お鶴が帰って来た。すぐに、佐助の部屋に顔を出した。

「おう、帰って来たか」

佐助は泣きだしそうになったのをぐっとこらえた。

「どうだった？」

「ええ」

お鶴はあいまいに笑った。

「やはり、責められたか」

若月小太郎との縁談を勧められたのに違いない。

「もう私は佐平次さんの女房です。誰がなんと言おうと引き離すことは出来ないわ」

お鶴はきっぱりと言った。

（お鶴。俺はきっと親戚のみなさんに認められるような働きをしてみせる）

佐助は心の中で誓った。

夕食をとったあと、お鶴が父親の部屋に呼ばれた隙に、佐助は部屋を出た。

玄関で、馬の助に会った。

「佐平次親分。どちらへ」

「ちょっと、歩いて来ます。お鶴さんにはすぐ帰るからと伝えてください」

「へえ。どうぞ、お気をつけなすって」

月影さやかで、提灯《ちょうちん》はいらない。だが、暗がりは漆黒の闇だ。

佐助はこの時間でもにぎやかな本町や田町を抜けて、あら町の諏訪大明神にやって来た。その鳥居の前に、すでに作蔵が来ていた。

長脇差を差していたので、佐助はぎょっとした。佐助の視線に気づいた作蔵は、

「万が一にそなえてですよ」

と、腰の脇差をぽんと叩いた。

「じゃあ、行きましょうか」

城の天守に月影が射している。烏川の河原に出て、小屋に向かった。

夜風が冷たい。歩いていると、虫が鳴き止む。行き過ぎると、また鳴きはじめた。

小屋に灯が見えた。

「誰かいるようだ」

佐助は緊張した声を出した。

草を踏む音に気をつけながら、佐助は歩を進める。作蔵の足音が聞こえないのを妙に思い、ふと、佐助は足を止めた。

振りかえると、作蔵が立ち止まっていた。

「作蔵さん、どうしたえ」

佐助は不思議に思ってきいた。

「佐平次親分。あの小屋は天狗面とは関係ねえ」

「関係ないとはどういうことなんだえ」

「どっかの物貰いが住み着いているところじゃないんですかえ」

「作蔵さん、どうしたんだ？　おまえさんは昼間、確かに天狗面一味の隠れ家のようなことを言っていたじゃないか」

佐助はまだ何が起こったのか理解出来ていなかった。

「あれは佐平次親分をここに誘《おび》き出すための方便さ」

「方便だと？」

佐助はあっと声を上げた。

作蔵の手の先が光った。脇差を抜いたのだ。

「作蔵さん。どうしたんだ？」

佐助はぎょっとした。

「もうひとつ、俺は嘘をついていた。井原伊十郎から佐平次親分の護衛を頼まれたというのは真っ赤な嘘だ」

「なんだって」

「俺は白蜘蛛《しらくも》の作蔵っていう駆け出しの盗人だ。大物の盗賊が、佐平次親分のためにどんどん獄門送りにされた。盗賊仲間じゃ、佐平次の名を聞くだけで、竦《すく》み上がっているってことだ。その佐平次を殺れば、盗人仲間じゃ一躍箔《はく》がつくんだ」

佐助は足が竦んだ。この河原に、たったふたりきりだ。誰も助けてくれない。作蔵は倉賀野宿で見たようにかなりの腕だ。

佐助は歯が嚙《か》み合わなくなった。さっきの胸騒ぎがほんとうになった。ひょえと、佐助は叫んだが、声にならない。

「佐平次親分。命はもらったぜ」

作蔵は脇差をかざした。

「倉賀野で……」

恐怖にかられながら、佐助はやっと声を出した。

「どうして、助けてくれたのだ?」

「どうやら奴らは、佐平次に獄門送りにされた親分の仇討ちだった。奴らに、佐平次殺しの手柄を持っていかれたくないからよ。佐平次を殺せば、子分も増える。俺も大盗賊の仲間入りが出来るのだ」

佐助は足が動かない。冷や汗をかいた。

さっき、もう平助兄いや次助兄いに会えないのではないか、と思った。それが、いま現実のものになろうとしている。

お鶴。お鶴にも会えない。作蔵が脇差を振りかざし、迫って来た。足が動かない佐助は覚えず目を閉じた。

頭上から脇差の刃が食い込む。その痛みがいままさに襲いかかる。

佐助の耳から外界の一切の音が消えた。佐助は無の世界に落ちた。これが死んだってことなのか。

痛みはいっさい感じない。不思議だ。ふと、無音だったのに、急に風の音が聞こえた。そして、荒い息づかいが耳に入った。

目を開ける。ふたつの影が動いていた。作蔵以外にもうひとりいる。大きな図体《ずうたい》だ。

月影に浮かび上がったのは次助兄いだ。

皓々《こうこう》と照る月。その明かりの下での光景は幻想的であった。佐助は夢を見ているのだと思った。

だが、作蔵の悲鳴が聞こえたとき、佐助ははっと我に返った。佐助は自分の顔を叩いてみた。

夢ではない。次助が作蔵をもう一度、投げ飛ばした。作蔵はもう戦意を喪失しているようだ。が、なおも、次助は作蔵の帯と足を持ち、頭上高く差し上げた。

「助けてくれ」

作蔵が情けない声を出した。

「佐平次親分を殺ろうとしやがって許せねえ」

佐平次……。たちまち、佐助は佐平次に戻った。

「次助。やめろ」

「二度と変な真似が出来ねえように、痛めつけてやらなきゃ腹の虫が収まらない」

「やめるんだ。そいつは、一度、俺を助けてくれたんだ」

不思議なことに、佐助は作蔵に対して怒りは湧かなかった。たぶん、次助に会えたうれしさが勝っているのだ。

「次助。その恩があるんだ。放してやれ」

「こいつ、倉賀野宿で殺った男を土手の草むらに隠した」

「なんだって、宿役人に知らせたのではないのか」

「そんな男ですぜ」

「しかし、俺を助けてくれたことに変わりはない」

「ちっ」

次助は作蔵を下ろした。

作蔵はしゃがんだまま肩で大きく息を吸っていた。

「作蔵さん。盗人稼業で名を売ろうなどとばかなことを考えないことだ」

佐助は脇差を拾って、作蔵に返した。

いきなり立ち上がり、作蔵は逃げ出した。

もう、作蔵のことは眼中になかった。佐助は次助にしがみついた。

「会いたかった。夢じゃねえのか、夢だったら醒《さ》めないでくれ」

「おいおい、佐助。泣く奴があるか。おめえがそんな顔をすると、俺まで目から何かがこぼれてくるじゃねえか」

「次助兄い。おかげで助かった。次助兄いがいなかったら、俺は死んでいた」

「佐助。なんだか、泣き虫の昔に戻ってしまったんじゃねえのか。それより、早く、お鶴さんのところに帰ってやるんだ」

「次助兄いもいっしょに行こう」

「俺はいい。あの小屋で十分だ」

「なんだって、あの小屋には次助兄いが?」

「佐助。俺のことは気にするな」

「そんな……」

月明かりの下で、ふたりの男が泣いていた。

第三章　罠

一

翌朝、佐助はお鶴を伴い、烏川の河原に行った。

冷たい空気が肌を包み込んでいる。晴れているが、西の空に黒い雲が浮かんでいる。風も強く、天気が変わるかもしれない。

ゆうべ、『若松屋』に戻り、お鶴に作蔵との一件を話し、いざというときに次助が現れたという話をした。

お鶴は驚き、どうしてここに連れてこなかったのかと佐助を責めたのだ。

小屋に近づいた。佐助は扉に手をかけ、次助と呼びかけた。扉が開き、明かりが小屋の中に射し込んだが、ひと影はなかった。

「いないな」

外を見たとき、川のほうから次助がやって来るのが見えた。

こっちに気づいて、次助は駆け寄って来た。

「次助さん」

お鶴が声をかけた。

「お鶴さん。久しぶりだな」

次助はまぶしそうにお鶴を見た。

「どうして、うちに来てくださらないのですか」

「俺までが厄介になる理由はないからな」

「そんなことありません。でも、どうしてこんなところに？」

「宿に泊まると、帰りの路銀が心配になるからな。ここに着いた日に入った一膳飯屋で知り合った男がここを教えてくれたんだ。住み心地はそんなに悪くない」

「今夜からうちに来てください。お願い」

「次助。来てくれ。お鶴もこう言っているんだ」

「親分のおかみさんの実家に、子分が行くのもおかしなもんですぜ」

「だって、次助さんは佐……」

お鶴が言葉を止めた。はっとして、佐助がお鶴を見た。なんて言おうとしたのか。

次助さんは佐助さんのお兄さんだと続けようとしたのか。

「佐平次親分と一つ家に暮らしているんじゃありませんか」

お鶴は言いなおしたように思えた。やはり、お鶴は俺のことを知っているのか。平助、次助、佐助が三兄弟だということに気づいているのだろうか。

「お鶴さんの気持ちはうれしいが、そうもいかねえ」

次助は小屋に目をやり、

「以前に山伏が住んでいたらしい。だから、炊事の道具も揃《そろ》っている。町に出て、米を買ってくれば食うに困らねえ」

「次助さん、ひとりじゃ寂しいでしょう」

お鶴の言葉に、次助はしゅんとなった。が、すぐ作り笑顔を向けて、

「いや、ひとりも気楽でいいものだ」

と、次助は強がりを言った。

「あっちの空を見て。黒い雲が張り出しているわ。雨になりそうよ」

お鶴が心配する。

「そんな大雨にはなるまいよ」

次助は不安そうな顔で答えた。

「次助。きのうは詳しい話はきけなかったが、いってえどうして、ここまで来たんだ？」

佐助はお鶴の手前を取り繕って、佐平次親分として振る舞う。

「平助兄いが、親分とお鶴さんの身を守れと、俺を遣わしたのだ」

「じゃあ、道中、私たちを守ってくれていたのね」

「倉賀野宿で親分が襲われたとき、飛び出して行こうとしたら、作蔵という男が相手を蹴散《けち》らしたので、出て行きそびれた。あの男が親分を狙《ねら》っていたなんて……」

次助は口許を歪《ゆが》めた。

「次助。おめえがここにいたんじゃ、俺は落ち着いてお鶴の実家でのうのうとしていられねえ。次助が来ないなら、俺もここに住む」

佐助はあえて言った。

「な、なんってことを」

次助があわてた。

「親分。冗談はよしてくれ」

「冗談なんかではない。次助がここにいるのを承知で、俺があったかい床に入って、飯を食べて、湯に入る。そんなことが出来るわけないだろう」

「佐平次親分がここに来るなら、私も来ます。だって、私は女房になる女なんですから亭主といっしょにいるのは当然でしょう」

「お鶴さんまで、何を言いだすんだ」

次助はうろたえている。

「次助。おまえにはいろいろ相談に乗ってもらいたいことがあるんだ。いっしょにいないと、不便なんだ」

「そう言われたって」

「次助。いま、俺は困っているんだ。助けてもらいたいことがある」

「えっ、それはなんでえ」

次助は目を剝《む》いた。

「話せば長くなる。ともかく、お鶴の実家に移るんだ」

「お願い、次助さん。佐平次親分の力になってやって」

「親分とお鶴さんがそうまで言うなら……」

次助はやっと『若松屋』に移ることを承知した。

「じゃあ、支度してくる」

次助は小屋に入った。

「お鶴。すまないな、やっかい者がもうひとり増えて」

「うちは若い衆がたくさんいるんです。ひとりぐらい増えたって、なんってことありませんよ」

　そんな時間がかからず、次助が出て来た。振り分け荷物だけだ。

「じゃあ、行くか」

　佐助は歩きだした。次助の顔を見て、佐助は元気が出た。次助兄いがいてくれれば心強い。これで、自由に動き回れる。

　お鶴のためにも、天狗面の一味を捕まえるのだ。佐助は改めて誓った。

　お鶴が父親の秀蔵に、次助を引き合わせた。

「佐平次さんの子分の次助さんです。佐平次親分に急用があって、追って来たんです。しばらくうちに逗留《とうりゅう》させてください」

「次助と申します。よろしくお願い申し上げます」

　次助は大きな体を深々と折った。

「そうですか。佐平次さんもりっぱな子分をお持ちだ。なあに、遠慮はいらない。いつまでもいて結構」

　秀蔵は次助の巨軀《きょく》に感嘆したようだ。

　馬の助らにも挨拶《あいさつ》をしてから、次助は佐助の部屋に移った。

「兄い。ここでふたりいっしょだ」

佐助がうれしそうに言う。

「あの小屋から比べたらここは極楽だ」

次助は部屋の真ん中で大の字になった。

「あの小屋じゃ、こんなに手足を伸ばせなかったからな」

天井を見ながら言ったあと、次助は起き上がった。

「佐助。さっそく、相談っていうのを聞かせてくれないか」

「わかった」

佐助は次助と差し向かいになってから、

「じつは、お鶴の父親はいいんだが、後妻のおつなや親戚の者たちは、お鶴が藩主の弟の伜《せがれ》若月小太郎の嫁になることを望んでいるんだ」

「なんだって。この家の全員が佐助を温かく迎えてくれたわけじゃないのか」

「そうだ。だが、お鶴は若月小太郎とのことはきっぱり断っている。ところが、今、上州、野州を中心に、天狗面という押し込み一味が跋扈《ばっこ》しているそうだ」

「天狗面？」

「博徒や無宿が群れて、押し込みをするようになったらしい」

天狗面の一味のひとりが、ある賭場《とば》で捕まり、岩鼻陣屋の牢屋に閉じ込められた。その仲間を救い出そうと、天狗面の一味が動き出しているようだと、佐助は説明した。

次助は真剣な眼差しで聞いていたが、

「つまり、佐助が天狗面の一味を捕まえ、男にならなければ、お鶴の婿として認めねえっていうことだな」

「そうだ。なにしろ、小太郎の嫁になれば、藩主の弟の倅という威光で、『若松屋』を引き立てるってことだ。だから、親戚の連中にしたら、お鶴を小太郎の嫁にしたいわけだ」

「だが、お鶴さんの気持ちが変わらないのなら、そんな親戚の声なんか聞き流してしまえばいいんじゃないのか」

「だが、そうなると、お鶴が肩身の狭い思いをするかもしれねえ。お鶴が親戚の連中から祝福されるようにしてやりたいんだ」

「よし、そういうことなら、俺たちで天狗面をとっ捕まえてやろうじゃねえか」

次助が息巻いた。

「出来るだろうか」

「出来るとも。佐平次は江戸じゃいくつもの大きな事件を解決させてきたんだ。平助兄いはいないが、お鶴さんもいる。必ず、捕まえられるさ」

「よかった。次助兄いが来てくれて。これも平助兄いのおかげだ」

「佐助。江戸の佐平次の力を見せてやろうぜ」

次助は指の節を鳴らした。

「ごめんなさいまし。佐平次親分、よろしいでしょうか」

障子の外で、声がした。馬の助だ。

「どうぞ」

佐助は応じる。

馬の助は部屋に入ってから、

「佐平次親分、いまいきなり若月小太郎さまがお見えになりました」

と、告げた。

「若月小太郎だって」

次助が腰を浮かせた。

「はい、あまりにぬきうちにやってこられて、あわてふためいているところです。万が一、顔を合わせ、ことが生じてはなりませぬ。どうか、こっそり裏口から出ていてはくれませんでしょうか。佐平次に会わせろと言い出したら、いま外出していると言い繕います」

馬の助が恐縮して言う。

「わかった。そうしよう」

佐助はすっくと立ち上がった。

「お鶴さんは小太郎の相手をしているのかえ」

「へえ、そうです」

「よし。次助、出よう」

「へい」

次助も立ち上がった。

馬の助の案内で、裏口から外に出た。別棟は賭場だ。最近は取締りが厳しく、あまり賭場を開いていないようだったが、昨夜は客が来て賑やかだった。

馬がいなないた。小太郎が乗って来た馬だろう。

佐助は若月小太郎がどんな男か見てみたくなった。

「次助兄い。ここで小太郎が帰るのを待っていよう。どんな男か、顔を見てみたい」

「俺も同じだ」

次助もにやりとした。

ふたりは表にまわり、通りの反対側の荒物屋の脇に隠れた。そこから、『若松屋』の玄関を見た。

それから、小半刻（一時間）も経《た》って、若い衆が馬を引いて来た。

やがて、武士が『若松屋』から出て来た。色白の顔だ。目つきが鋭いというより、怖いほどだ。若月小太郎だ。

その後ろから、秀六やおつな、それにお鶴が見送りに出てきた。

小太郎は馬上から、

「お鶴。よい返事を待っているぞ」

と大声で言い、馬の胴を叩《たた》いた。

一瞬、いななき、馬は走り去った。

「あんな男にお鶴は渡せねえ」

佐助は珍しく力んだ。

二

その日の夕方、平助は稲荷橋を渡った。南八丁堀五丁目の京橋川沿いにあるおしまの家の近くまでやって来た。

おしまの家の並びの家の路地から、三太がおしまの家を出入りする者を見張っていた。

「どうだ？」

平助は三太に声をかけた。

「だめだ。それらしき男は現れねえ」

三太が疲れたような顔をした。

「夜になって、やって来るのか、それとも金を受け取ったあとの数日は用心をして会わないようにしているのか」

きのうは夜も現れなかった。平助はどうも用心しているように思えた。

だとすれば、こうやって見張っていても、無駄だ。しばらく、他の手で探索を続けるかと、平助は思った。

「三太。用心しているとしたら、あと二、三日はだめだ。引き上げるか」

「へえ、そうですね」

三太は力なく言う。

「行こう」

平助が声をかけたとき、三太が駕籠《かご》だと言った。

町駕籠が平助の立っているのと反対方向からこっちにやって来る。提灯《ちょうちん》の屋号はまるに庄の字。『駕籠庄』の駕籠だ。

平助と三太は路地に引っ込み、もう一度首だけを伸ばした。

町駕籠はおしまの家の前で停まった。下りて来たのは羽織姿のでっぷりした男である。

「『駕籠庄』の庄五郎だ」

平助は小声で言う。おしまの旦那だ。

庄五郎がおしまの家に入ったあと、駕籠かきは駕籠をかついで引き上げて行った。

「平助兄い、庄五郎はおしまの間夫《まぶ》に気づいているんでしょうか」

「どうかな」

平助は答えたあとで、はっとした。

「まさか」

「兄い。どうしたんでえ」

「こんな時間に、どうして庄五郎はやって来たんだ。まだ、夜には時間がある」

「どういうことだえ」

「三太。いいか、おしまの家の窓の下に行き、中の声は聞こえるかわからないが、様子を窺《うかが》って来い」

「わかった」

三太は軽快に走って行った。

もし、庄五郎が怒鳴れば、外まで聞こえるはずだ。

それきり、庄五郎は出て来ない。中で、どんな話し合いが行われているのか。

三太が戻って来た。

「なにも聞こえねえ」

「そうか」

どうやら、間夫のことがわかったわけではなさそうだ。もっとも、庄五郎ほどの男だ。妾《めかけ》が裏切ったと知っても、表立って騒いだりしまい。

あるいは、間夫のことに気づいていながら、素知らぬげにおしまと接しているのかもしれない。

「三太。いまのうち、飯を食って来い」

そう言い、平助は銭を渡した。

「いいのかえ」

「ああ。行って来い。俺が見張っているから、ゆっくり食べて来い」

「じゃあ、行って来る」

三太は近くの一膳飯屋に走って行った。

しばらくして、三太が戻って来た。

「もう食べて来たのか」

「ああ、早食いは得意だ」

三太はまだ口の中をもぐもぐさせていた。

一刻（二時間）ほど経った頃、空駕籠がやって来た。暮六つ（午後六時）を過ぎ、すっかり暗くなっていたが、灯の入った提灯の屋号はまるに庄の字。さっきの駕籠だ。一刻後に迎えに来いと命じられていたのだろう。

川っぷちに駕籠を止め、駕籠かきは煙管《キセル》をくわえ、たばこを吸い出した。

暗がりに、小さい火の玉が浮かんでいる。庄五郎はまだ出て来ない。

それから四半刻（三十分）後に、おしまの家の格子戸が開いた。庄五郎とおしまが出て来た。

駕籠かきはあわてて煙管をしまい、担いだ駕籠を家の前にまわした。

庄五郎が駕籠に乗る。おしまが見送った。

家に戻るおしまの顔に不敵な笑みが浮かんだと思えたのは気のせいか。

格子戸が締まり、再び、辺りに静寂が訪れた。

念のために、それから半刻（一時間）待った。だが、おしまの家を訪れる者はなかった。やはり、用心しているのだ。

平助は三太に呼びかけた。

「よし、行こう」

「へい」

三太はおしまの家を気にしながら稲荷橋を渡った。

それから四半刻（三十分）後に、平助と三太は八丁堀の井原伊十郎の屋敷にいた。

伊十郎はさっきから渋い顔でいる。

庄五郎が夕方の早い時間におしまのところに行ったことを気にしているのだ。

「旦那。庄五郎はやはり、おしまに間夫がいることに気づいたと考えたほうがいいんじゃありませんかえ」

「その間夫を俺だと思い込んでいるというのか」

「その可能性はあります」

「だが、もしそうじゃなかったら、とんだ藪蛇《やぶへび》だ」

平助は伊十郎に、庄五郎に会ってほんとうのことを告げたらどうかと進言しているのだ。それに対して、伊十郎は難色を示している。

もし、庄五郎が気づいていなかった場合、わざわざ名乗り出て行く必要はないのだ。それをのこのこ出て行って、私がおしまの間夫ですと名乗るのは愚の骨頂だと伊十郎は言い返す。

「旦那。よく考えてください。旦那を脅迫した者とおしまはぐるですよ。それは、金の受け渡しの際のおしまの不自然な動きから考えて明白ですぜ。そのぐるの男がおしまの間夫だと考えるのは自然じゃありませんか」

「庄五郎はその男のことに気がついたんじゃねえのか」

「いや、そうとは限りませんぜ。庄五郎はおしまに間夫がいるのではないかと疑い出していた。そうと察したおしまと間夫は旦那を間夫に仕立て上げようとした。そういう筋書きだったかもしれませんぜ」

「じゃあ、なぜ、金を脅し取った？　奴らの目的は金だったんじゃねえのか」

「金もでしょう」

「なんだと」

「庄五郎の目をごまかすために、旦那に目をつけたんですよ。八丁堀の旦那が間夫だということになれば、いくら庄五郎でもおしまに危害を加えたりはしないだろうという読みがあったんじゃないですか。だから、おしまは旦那に近づいた。だが、ほんとうの間夫だって、おしまが旦那と遊ぶのを黙ってみているのはおもしろくない。その代償はいただこうというので、脅迫状を送った。そして、金を手に入れたあとで、庄五郎宛に、おしまの間夫は井原伊十郎という同心だと文を送った……」

「おしまは最初から俺をはめるために近づいたっていうのか」

「もちろんです」

平助は言い切った。

「ちくしょう、おしまの野郎。俺を虚仮《こけ》にしやがって」

伊十郎の顔が紅潮してきた。

「許せねえ。おしまの野郎を問い詰めてやる」

伊十郎が立ち上がった。

「旦那。落ち着いてくださいな」

「これが落ち着いていられるか。もし、平助の言うとおりだとしたら、俺はとんだ三枚目だ」

「旦那。まだ、あっしの考えが当たっているかどうかわからねえんですぜ」

「いや。平助の言うとおりだ」

伊十郎は眦《まなじり》をつり上げた。

「待ってくださいな。おしまを問い詰めても、ほんとうのことを言うとは思えませんぜ。それより、おしまのところに間夫が現れるのを待ってふたりともとっ捕まえたほうがいいんじゃありませんかえ」

「奴らは警戒しているんじゃねえか」

「まだ、こっちがからくりに気づいたとは思っちゃいないはずです。そのうち、のこのこ現れるはずです」

「うむ」

納得したのか、伊十郎は再び腰をおろした。

「だが、庄五郎のほうはどうするんだ？」

「正直に話して、庄五郎の協力を得るんですよ。庄五郎なら、うちの佐平次親分に似た男の手がかりを持っているかもしれねえ」

「……」

「それに、旦那への疑いを晴らすことにもなりますぜ」

「だが、俺だっておしまに手を出しているのだ」

「でも、旦那は騙《だま》されただけですぜ。間夫じゃない。でも、このままでいれば、旦那がおしまの間夫だと、庄五郎に疑《うたぐ》られたままになる。そうなったら、奉行所に乗り込まれ、お奉行にあることないこと訴えられてしまうかもしれませんぜ」

「ばかな」

伊十郎は顔を歪めた。

「いいですかえ。庄五郎のところに行ってくださいな。それから、おしまのほうですが、決して問い詰めてはだめですぜ。おしまとは何もなかったように接するのです」

「わかった。そうしよう」

伊十郎は力のない声で言う。

「そうそう、旦那はいつか、こんなことを仰《おつしや》ってましたね。芝のほうで、佐平次親分を見かけた者がいると」

「ああ、そうだったな」

「偽者の佐平次かもしれませんぜ。それを見かけたのは誰なんですね。そこから、何か手がかりが摑《つか》めるかもしれません」

「だめだ」

「だめっていうのは？」

「そのことを口にしたのはおしまだ」

「おしまが？」

「増上寺の参詣の帰りに佐平次親分を見かけたと言っていた。なんかの拍子に、佐平次の話になったのだ」

「そうですかえ」

平助は落胆した。

「じゃあ、明日にでも庄五郎のところに行ってください。佐平次親分になりすまして、悪さをしている男をなんとしてでも早いこと、捕まえなければなりませんから」

平助は念を押した。

「ああ、わかった」

憮然《ぶぜん》たる面持ちの伊十郎に別れを告げ、平助と三太は屋敷を出た。

「あの旦那。庄五郎のところに行くでしょうかねえ」

三太が疑い深そうにきいた。

「どうかな。あの旦那、あれで、結構気が小さいからな」

平助も半信半疑だ。

「三太。明日、芝居の役者を当たってみよう。佐平次親分に似た男だとすれば、役者崩れの可能性もある。大芝居だけでなく、宮地《みやち》芝居のほうもだ」

「わかりやした」

ふたりは江戸橋を渡り、東堀留川を渡って、人形町通りまでやって来た。

「三太、送って来なくてもいい。早く帰ってやれ」

三太は亀井町まで帰るのだ。長患いの祖父とふたり暮らしである。

祖父というのが名うての掏摸《すり》で、三太も掏摸の道に走った。だが、平助たちに、掏摸の現場を見つけられたのだ。もっとも、三太にしたら、佐平次親分に見つかったと思っていたのだ。

それが縁で、子分になったが、そのことをなにより喜んだのが祖父だったようだ。掏摸を続けて、まっとうな人生を歩んだ者はいない。祖父は掏摸たちの哀れな末路をたくさんみてきた。だから、三太には堅気になってもらいたかったのだ。それが、佐平次の子分になったのだ。ひとしおの喜びだったろう。

「もう、寝ているさ」

「じいさん、具合はどうなんだ？」

「相変わらずさ。でも、元気だ」

「そうか。三太も早く、嫁さんをもらって安心させてやるといいな」

「嫁？　まだ早いよ」

三太は照れて、

「じゃあ、平助兄い。また明日」

と、駆け足で去って行った。

平助は微苦笑して、三太を見送った。

神田明神下に『さわ』という一膳飯屋がある。そこの娘おすえに、三太は恋慕を抱いている。だが、ひとつ年上のおすえは三太のことを弟のようにしか見ていないらしい。

さっき、照れたのはおすえのことを思い出したからに違いない。

平助はひと通りのない人形町通りを行き、長谷川町の家に帰った。

家の中に誰もいない。おうめ婆さんが支度してあった夕飯もすっかり冷えていた。

そういえば、夕飯を食べるのも忘れていた。

平助は冷たくなったご飯とおつけと焼き魚で遅い夕飯を食べた。ふと、次助と佐助のことに思いを馳《は》せた。

佐助はとうに高崎に着き、お鶴の実家で世話になっていることだろう。次助はどうか。ひょっとしてひとりで安宿に泊まっているか、あるいは野宿などしていまいか。次助や佐助の自立を促すために旅に出したというのに、この俺のほうがふたりがいないのを寂しがっている。

ふんと、平助は自嘲《じちょう》した。


翌朝、おうめ婆さんがやって来て、いつものように朝飯の支度をしてくれる。三太もやって来て、朝飯になった。

飯を食い終わったあと、平助は思いついて、おうめ婆さんに訊《たず》ねた。

「おうめ婆さんは芝居が好きだったな」

「はい。大好きですよ。最近は行ってませんけど、昔はよく通いましたよ」

「三座以外の芝居も観るかえ」

「ええ。観ますよ」

中村座、森田座、市村座の三座は官許の歌舞伎であり、それ以外に神社境内で興行する宮地芝居や小屋掛け芝居があった。

「うちの親分に似た役者なんていたかえ。いまは役者をしていなくてもいいんだが」

「とんでもない。うちの親分ほどの美貌《びぼう》の役者なんていませんよ」

「いや、感じが似ているだけでもいいんだが」

「あたしが知っている役者は親分より年上だからね」

「まあ、何かそのようなことを小耳にはさんだら教えてくれ」

「芝居好きの仲間がいるから、きいてみますよ」

「頼む」

「それより、佐平次親分たち、いまごろどうしているんでしょうね。向こうで祝い攻めにあって、お酒を呑み過ぎちゃいないでしょうかねえ。親分、お酒にそんなに強いほうじゃないから」

「お鶴がついているから心配はないだろう」

「そうですね。それより、次助さんですよ。あのひとは、とてもひとに気を使うでしょう。他人に迷惑をかけるなら、自分が犠牲になってもいいと思っているようなひとですからね。ひとに甘えられないから、ちと心配なんですよ」

さすが、おうめ婆さんは次助のことをよく見ている。婆さんの言うとおりだと、平助は思った。

次助に佐助。しっかり手を合わせて、頑張れ。平助は心の内で叫んでいた。

三

その日の午後、佐助は次助といっしょに連雀町にある『相馬屋』の近くにやって来た。裏にまわると、近在の村から絹織物が大八車で運び込まれていた。

上州の農村は農業だけでなく、蚕糸《さんし》織物業が盛んで、その主要な働き手は女である。農閑期には男は仕事がないが、女は生糸、さらには絹織物を作った。そういったものを市にかけるだけでなく、遠く京や江戸に売る。

その絹織物を馬の隊列を作って運搬するのが『相馬屋』だ。

「『若松屋』の親戚の連中は、『相馬屋』と同じ仕事をしたいらしい」

佐助は次助に説明する。

「そうとう儲《もう》かるようだな」

瓦屋根に漆喰《しっくい》の塗り壁、大きな店とそれに連なる立派な屋敷を見て、次助は驚きを隠せなかったようだ。

そのとき、店から派手な花柄の絹の着物で着飾った女が女中を従えて出て来た。奉公人がいっせいに戸口に並んで見送る。

「誰でえ、あれは？」

「おそらく、若内儀じゃねえか。亭主は沢太郎っていう二代目だ。この沢太郎も鮫鞘《さめざや》の長脇差を持って、ふんぞりかえっている」

沢太郎に会ったときのことを思い出して、佐助は言った。

「しかし、お鶴さんが小太郎の嫁になったとして、ほんとうに『若松屋』が絹織物を扱う飛脚屋になったら『相馬屋』にとっちゃ面白くねえだろうな。競争相手が現れるわけだから」

「確かにそうだな」

次助の言葉に、佐助もはじめて疑問を持った。小太郎に、そんな力があるのか。

それから本町に行き、高崎で豪商と呼ばれている酒問屋の『信州屋』を見、最後に機織業の『赤城屋』に行った。

『赤城屋』の裏手に別棟の仕事場が三つもあり、それぞれの仕事場でたくさんの織り姫が機で布を織っていた。

そこを離れてから、

「確かに、いま見て来たところは土蔵に金が唸《うな》っていそうだな」

次助が言う。

「だが、このみっつを挙げたのはお鶴なんだ。あくまでもお鶴の読みだ」

「難しいな。他にもたくさん金を持っていそうな家がある。そっちだって、狙いに入っているんじゃねえのか」

次助の言うとおりだ。こうして歩いていたって、手がかりが摑めるわけではない。

そのまま、『若松屋』に戻った。お鶴は叔母《おば》というひとに呼ばれ、ひと晩泊まりで出かけた。

いま、病気で動けないが、ぜひお鶴に会いたいと言ってきたのだという。母親が亡きあと、この叔母がお鶴の母親代わりだったという。

「佐平次親分。親方がお呼びです」

土間で待っていた馬の助が佐助に伝えた。

「すみません。案内していただけますか」

「よございます」

馬の助の案内で、秀蔵が寝ている部屋に向かった。

「秀六さんがお見えですから、また何か言われるかもしれません。どうか、何言われたって気になさらないでください」

「ありがとう」

佐助は礼を言った。

秀蔵の部屋に入ると、いつものように床の上に起き上がった秀蔵のそばにおつながいた。

「佐平次親分。次助さん。呼び立ててすまない」

秀蔵が軽く詫《わ》びを入れた。

「いえ、とんでもない」

佐助はちらっと秀六に目をやった。秀六が厳しい顔をしている。秀六が何かをもたらしたようだ。

「秀六から話がある」

秀蔵は目顔で秀六に合図をした。

秀六は佐助たちに顔を向け、

「じつは陣屋に捕らえてある捨三がとうとう拷問に音を上げて白状した。天狗面の狙いは『相馬屋』だ」

「『相馬屋』ですか」

佐助は若旦那の沢太郎の派手な姿を思い出した。

「そうだ。ただ、どうしても八州さまの手で捕まえたいということで、そこで、佐平次親分の手を借りたいとのこと」

一瞬、佐助は尻込みしたが、次助が横合いから口を挟んだ。

「お任せください。佐平次親分とあっしとで必ず、押し込みを捕まえてみせます」

「佐平次さん。だいじょうぶか。相手は残虐非道な連中」

「兄き。その心配は無用だ。こっちには八州さまがついている。佐平次親分はお鶴の大事なお方だ。奴らに指一本触れさせませんよ」

秀六の目が鋭く光った。

「佐平次親分にとってはいい機会ですよ。これで手柄を立てていただければ、皆もお鶴さんの婿として迎えるでしょうから」

おつなが笑みを浮かべて言う。なんとなく薄気味悪い女だと、佐助は思った。おそらく、佐平次の力を見くびっているのだろう。

「佐平次親分。すまない。頼む」

秀蔵は気が進まないようだが、秀六とおつなに押し切られたようだ。しかし、おつなが言うように、いい機会だ。お鶴のためにも秀六やおつなの鼻を明かしてやる。こっちには次助兄いがいるのだ。こわいものはない。

「任してもらいましょう」

佐助が言うと、次助までも、

「江戸の佐平次親分の力をぜひとも見ていただきましょう」

と、大見得を切った。

「じゃあ、佐平次親分。今夜五つ（午後八時）に、ここを出立し、『相馬屋』まで行き、天狗面の一味を待ち伏せたいと思います。その頃には八州さまもお出《い》でになるはず」

「わかりました」

「じゃあ、それまでどうぞごゆるりと」

秀六の細い目が鈍く光った。

秀蔵の部屋を出て、自分の部屋に戻る途中、馬の助にきいた。

「お鶴さんはいつ帰るんでしたっけ」

「明日の昼までにお戻りの予定です」

お鶴が留守で幸いだった。お鶴がいれば、私も親分と行きますと言ってきかなかっただろう。

佐助と次助は部屋に戻った。

「少し、体を休めとく」

と言い、次助は畳に大の字になった。

佐助は正直言って怖い。次助兄いがかばってくれるだろうが、相手は凶暴な連中なのだ。それに立ち向かうには佐助の力はあまりに非力だ。次助兄いの足手まといにならないか、次助兄いは俺のことが気になって満足に闘えないのではないか。

さまざまな思いが頭をかけめぐる。

いつの間にか、部屋の中が薄暗くなった。佐助は行灯《あんどん》に灯を入れた。次助はまだ眠っている。ときたま豪快ないびきをかいていた。

平助兄い。おっかあ。おいらを守ってくれ。佐助は心の中で祈った。

夕飯が運ばれて来る前に、次助は目を覚ました。

「よく寝たな」

太い腕を思い切り上げ、次助は大きく伸びをした。

夕飯をとり終えた。佐助は緊張しているせいか、食欲はなかった。佐助が残した飯を、次助がたいらげた。

「そろそろ支度をするか」

次助は立ち上がった。

佐助も腹に晒《さらし》を何重にもしっかりと巻き付けた。匕首《あいくち》で襲われたとき、少しは防御に役立つだろう。

「佐助、怖いか」

次助がきいた。

「怖い」

佐助は正直に答えた。

「それでいい。いいか、俺の後ろにいろ。絶対に俺から離れるな」

「わかった」

「おめえのことは俺が絶対に守ってやる。それを信じているんだ。いいな」

「わかったぜ。次助兄い」

次助がこれほど頼もしく思えたことは、かつてなかった。お鶴のためにも、俺は男にならなければいけないのだ。

五つ（午後八時）前に、部屋の前に誰かがやって来た。

「佐平次親分、支度はいいかえ」

秀六が障子を開けた。着物を尻端折《しりはしょ》りしている。

「いつでも」

羽織の紐《ひも》を手に、佐助は緊張した声を出した。

「じゃあ、行きましょうか」

秀六は口許を歪めて言った。

気づかれぬようにため息をついてから、佐助は立ち上がった。次助は指を鳴らして張り切っている。

土間で馬の助が待っていた。

「あっしたちはいつでも駆けつけられるようにしておきます。親分さん、どうぞ存分のお働きを」

「行って来ます」

佐助は土間を出た。

次助は鳥川河原にあった船頭小屋から持って来た舟の櫂《かい》とこん棒を手にしていた。

外に出ると、夜風はつめたかった。雲が張り出していて、星も見えない。裏道は灯もなく、真っ暗だった。

その裏道を通って、佐助たちは『相馬屋』の裏手に来た。

『相馬屋』の土蔵が闇の中にぼんやりとした黒い影を浮かび上がらせていた。

佐助と次助、それに秀六の三人は『相馬屋』の裏手にある一軒家の土間に入った。

秀六がお金を出して、ひと晩だけ借りたのだと言う。

この家の住人は謝礼金をもらって、知り合いの家にひと晩だけ厄介になるということだった。

「どうだね、これを呑まないか」

秀六は徳利を持ち出した。

「この酒は？」

佐助は疑わしそうにきいた。

「心配しないでくださいな。この家のものじゃありませんよ。あっしが用意しておいたんですよ」

「そうか。一杯だけもらうとするか。どうも今夜は冷える」

言い訳のように言い、次助は酒を碗に注いでもらった。

それをいっきに呷《あお》ると、次助は口を手の甲でぬぐった。

「もう一杯、いかがですか」

秀六が勧める。

「いや、結構です」

次助は断った。

「佐平次親分は？」

「あっしもこれだけで」

佐助も一杯を呑み干した。

いくぶん寒さだけでなく、恐怖も麻痺《まひ》したようになった。

そこで、一刻（二時間）近く待った。が、『相馬屋』の周辺にあやしいひと影はない。

「もう来ているのだろうか」

そう言ったのは、秀六だった。

「八州さまの様子を見てきやす」

秀六は戸をそっと開き、外に出て行った。

秀六が走り去ったあと、夜道に紙切れが舞った。風がだいぶ出て来たようだ。軒下に吊り下げられていた何かが壁に当たるのか、ときおりものが激しくぶつかる音が聞こえた。

秀六はまだ戻って来ない。

「なんだか、妙だな」

佐助が呟《つぶや》いたとき、黒い影がふたつ現れた。

「佐助。これを持て」

次助はこん棒を寄越《よこ》した。

「よし」

佐助は下腹に力を入れた。

近づいて来た。どうやら、天狗の面をかぶっている。腰に大刀を差している。

「よし。行くぜ」

次助は櫂を右手に、左手で戸を開けた。

天狗面がこっちに気づいた。

「天狗面。待っていたぜ」

次助の声が夜陰に轟《とどろ》く。

佐助もその後ろに立った。

天狗面のふたりがいきなり抜刀し、次助に向かって来た。だが、長く重たい櫂を次助が振りまわすと、ふたりの勢いが止まった。

ふと気づくと、背後に長脇差を構えた天狗面の男が三人現れた。三人とも着物を尻端折りしている。

「いいか、佐助。こっちの三人の匕首を叩き落とす。俺のあとに続き、三人をこん棒で殴りつけるんだ」

次助が小声で言う。

「わかった」

佐助は応じる。

うおっと次助は叫び、侍のほうに向かって行くと見せ掛け、侍ふたりが立ちすくんだ隙《すき》に、足の向きを変え、長脇差を持った三人のほうに駆けた。

その後ろを佐助も続いた。

いきなりの方向転換に三人は驚いたようだ。次助は強引に櫂を振り回し、ひとりの腕を叩き、ふたり目の肩を打ちつけ、三人目の男の長脇差を弾き飛ばした。

そのあとから、佐助はこん棒で男たちを殴りつけていった。たちまち、三人がじべたに倒れ、もだえている。

次助は休むことなく、侍のほうに向かった。

次助は櫂を振り回しながら突進した。ひとりの侍の刀は飛び、尻餅をついた。だが、もうひとりの侍は巧みに櫂をかわした。

そして、正眼に構えをとった。びくともしないような構えだ。だが、次助は強引に櫂を振り下ろす。後退って避けるのをやみくもに踏み込み、次助は櫂を打ちおろす。

そのたびに、侍は左に右にと体をかわす。

そして、再び、正眼に構えた。相当な達人のようだが、次助の馬鹿力にあっては剣の技も霞んでしまう。

ただの喧嘩《けんか》剣法だが、そこに怪力が加われば生半可な剣術を凌《しの》ぐ。さしもの侍もふみこむ隙を得られずに、後退りをはじめた。

「いくぜ」

次助は櫂を振り上げた。その隙を狙って、侍が踏み込んで来た。だが、次助の動きも素早い。体をまわしながら、櫂を振りおろす。

侍は次助の脇をすり抜けた。切っ先が次助の袂《たもと》を切った。だが、次助の櫂が侍の腕をしたたか打ちつけていた。

侍は行き過ぎてから左腕を押さえた。次助は容赦しない。棒立ちになった侍の頭上目掛けて振り下ろす。相手が奇妙な悲鳴を上げた。

だが、頭すれすれで、櫂が止まった。侍は身じろぎしない。

次助は櫂の先で天狗の面を強く突いた。侍はのけぞり、面が割れた。その顔を見て、次助はあっと声を上げた。

「てめえは若月小太郎だな」

「なんだって」

佐助はしゃがんでいる侍に駆け寄った。

色白の顔に狂気に満ちた目。紛れもなく、若月小太郎だ。

「あんたが、天狗面の頭領か」

「違う。わしはそんな男ではない」

そのとき、地を走る無数の足音が聞こえた。

「佐平次親分」

やって来たのは、お鶴と馬の助のふたりだ。

「ご無事でしたか」

お鶴は佐助にきいた。

「うむ。だいじょうぶだ。それより、この男を見てみろ」

佐助は言った。

「若月さまですね」

お鶴は冷やかに言った。

「気づいていたのか」

「ええ。叔母さまのところに行ったら、どうもおかしいんです。病気だといいながら、そんな様子もないし、泊まっていって欲しいという割には冷淡なので、ぴんときたんです。それで問い詰めたら秀六叔父さまから引き止めるよう頼まれたというんです」

「なるほど」

「それで急いで帰って来たんです」

「そうだったのか」

そこに馬の助がやって来た。

「お嬢さん、向こうで倒れているのは秀六さんの手下ですぜ」

「どうやら、これで絵解きが出来た。若月小太郎と秀六は手を組み、俺を天狗面の仕業にみせかけて殺そうとしたんだ」

佐助は苦い顔をした。

「佐平次親分、どうしますね」

馬の助が若月小太郎に目をやってきいた。

「藩主の弟の伜では何かと差し障りがありましょう。このまま、解き放ちましょう」

佐助は鷹揚《おうよう》に答える。

「いいんですかえ」

馬の助は不思議そうにきいた。

「これで、もうお鶴さんのことも諦《あきら》めるでしょう」

佐助は若月小太郎の前に行き、

「若月さん、二度とばかなことは考えないでくださいよ。なんでも思うようになるというのは大きな勘違いですぜ。これに懲りて、己の本分をまっとうしてくださいな」

と、諄々《じゅんじゅん》と諭した。

若月小太郎は放心状態だが、佐助の言うことは耳に入っているようだった。

佐助は振り返り、

「引き上げましょう」

と、言った。

「こっちの連中はどうしますね」

「放してやってください。幸い、何ごともなかったんです。秀六さんだって、もう懲りたでしょう。きょうのことはなかったことにしましょう」

「なかったことに、ですか」

馬の助は感嘆したようにきいた。

「ええ」

佐助は倒れている男たちに向かって、

「いいか。もうこんなばかなことは二度としないように、かしらに言うんだ。わかったら、行け」

佐助はわざと秀六の名前を出さなかった。

この鮮やかな始末のつけ方に感心したのか、馬の助が『若松屋』に帰るや、いっさいを秀蔵に話したらしい。

佐助と次助は秀蔵に呼ばれた。

「今夜のことは馬の助から聞いた。佐平次親分、すまなかった。秀六の不始末は俺の責任だ。このとおりだ」

秀蔵が両手をついて頭を下げた。

「なにを仰いますか。どうぞお顔を上げてください」

佐助はあわてて言う。

「今夜は何もなかったということにしたんです。どうぞ、忘れてください」

「だが、秀六の奴」

それから、秀蔵はおつなにも顔を向けた。

「おまえも秀六とぐるだったのか」

「お父っつあん。せっかく佐平次親分がなかったことだと仰ってくだすったんです。義母さんを責めないで」

お鶴が助け船を出した。

「お鶴。万が一のときには、たいへんなことになっていたのだ。それでも許せるのか」

秀蔵がきいた。

「はい。何事もなかったのですから。それに叔父さんも義母さんも、『若松屋』のことを思ってのこと。ただ、やり方や考え方が間違っていただけ」

「お鶴さん。佐平次親分。お許しを」

いきなり、おつなが畳に突っ伏した。

「こんなひどいことをした私なのに、そのような言葉をかけていただいて」

「お父っつあん。もう、忘れて。義母さんも、顔を上げてちょうだい」

お鶴は明るく声をかけた。

そのとき、いきなり障子が開いて、秀六が転がり込むように入って来た。

「すまねえ。みな、俺がいけねえんだ。俺が欲に目がくらんだばかりに」

秀六が畳に額をつけて詫びた。

「叔父さん。もう、いいの。それ以上言わないで」

「お鶴。佐平次親分。すまねえ。どう詫びても詫びれるもんじゃねえ」

「秀六さん。その話はやめましょう。それより、秀六さんにお訊ねしたいことがあります」

「なんでしょう」

「天狗面の一味が岩鼻陣屋に捕まっているのはほんとうなんですかえ」

「それはほんとうだ。陣屋では取り返しに来るかもしれないと戦々恐々になっている」

　秀六が真顔で言い、

「このことを利用しようと言い出したのは若月小太郎だが、あっしはすぐに乗ってしまったのだ」

「秀六さん。その話はなしだ。それより、天狗面のことです」

　まるで何かが乗り移ったように、佐助はそのことを言い出した。

「この佐平次。天狗面の捕縛にもお役に立ちたいと思っております」

　みなの熱い視線を浴びながら、佐助は自分でも雰囲気に酔っていることに気づいていた。だが、そのときの佐助はなんでも出来るような自信が漲《みなぎ》っていた。

四

　翌日も、平助と三太は宮地芝居の興行があるという湯島天神にやって来た。

佐平次のような色男なら役者だろう、それに佐平次親分になりきって相手を騙しているところから芝居の心得のある男だと思った。

江戸三座の役者ではない。小芝居、つまり神社の境内で興行する宮地芝居の役者ではないかと考えたのだ。

さらに言えば、女形かもしれない。

きのうは両国回向院《えこういん》の境内で行われている小屋掛けの芝居を観た。そして、座頭に会い、役者をやめた者がいないかきいたが、その一座にはいなかった。それから、浅草まで足を伸ばし、奥山の芝居小屋に顔を出したが、手がかりは摑めなかった。

そこで、きょうは湯島天神の境内にある小屋掛けだ。

演《だ》し物は『仮名手本忠臣蔵』で、五段目『山崎街道鉄砲渡しの場』と六段目『与市兵衛内勘平腹切りの場』であった。

早野勘平を沢村伝次郎《さわむらでんじろう》、定九郎を市川半五郎《いちかわはんごろう》が演じる。

「面白そうだな」

三太が絵看板を見て呟く。

「観たいか。観て来ていいぜ」

平助は勧めた。

「えっ？　いいよ。ただ言ってみただけだ。のんびり芝居見物している余裕なんてないものな」

三太はあわてて言い返した。

「遠慮するな。それに、ひょっとしたら、この役者の中に、親分の偽者がいるかもしれねえ」

「ほんとうか」

「仕事のうちだ。観て来い。俺は界隈《かいわい》を歩き回っている」

「平助兄いもいっしょに観ようよ」

「俺はいい。終わったら、明神下の『さわ』で待ち合わせだ」

「『さわ』で？」

三太は目を輝かせた。

「さあ、行って来い。ほれ、木戸銭だ」

平助は巾着《きんちゃく》から銭を出して三太に渡した。

「いいのか」

「いい。そろそろはじまるぞ」

客が続々と小屋に吸い込まれて行く。

「ありがてえ。じゃあ」

三太はうれしそうに小屋に向かった。

平助は男坂を下り、矢場や水茶店が軒を連ねる前を行き過ぎ、天神下同朋町《どうぼうちょう》にある小粋な一軒家の前に立った。

格子戸を開け、

「ごめんなさい」

と、平助は奥に向かって呼びかけた。

奥から出て来たのは年増《としま》の女だ。お徳《とく》である。

「あら、平助さんじゃありませんか。珍しい」

お徳は懐かしそうに言った。

「へえ、すっかりご無沙汰しております。姐《ねえ》さんもお元気そうで」

「いやだあ、姐さんなんて。昔のようにお徳って呼んでおくれな」

お徳は言ってから、

「さあ、上がってちょうだい」

と、うれしそうに言った。

お徳は平助が子供のころ、同じ長屋に住んでいたことがある。佐助と仲がよかった。

大きくなったら私、佐助さんのお嫁さんになるのと言っていたこともあったが、お徳は十四歳のとき、芸者屋の仕込みっ子になった。家計を助けるためだ。

いまは旦那に落籍《ひか》され、ここで芸者屋を開いている。三年ほど前、湯島天神の祭礼のときに偶然に再会したのだ。しかし、平助は佐助にお徳と会ったことを話していない。

「いいえ、ちょっとお願いがあって参ったのでございますから、ここで」

昔話を避けるように、平助は土間で畏《かしこ》まった。

「そう」

がっかりしたように、お徳は上がり口にしゃがんだ。

「姐さんの旦那は確か、芝居の興行を打ったりしていると聞きましたが」

平助は用件を切り出した。

「ええ、そうよ。それが？」

「どこかの座から、破門されたり、自らやめたりした役者をご存じないかと思いましてね。歳は二十代半ば、ちょっといい男なんですが。旦那なら、もしかしたらご存じじゃないかと思いまして」

「旦那に聞くまでもないわ」

「えっ、姐さんもそんな役者崩れをご存じで？」

「ええ。いま、天神さまで芝居をやっている沢村伝次郎一座に吉三郎《きちさぶろう》って女形がいたけど、身持ちが悪く、何人ものご贔屓《ひいき》筋の内儀に手を出して貢がせ、それが発覚して破門されると、どこかへ消えてしまったわ。三年前のこと」

「消えたっていうのは江戸を離れたってことでしょうか」

「ええ。たぶん、大坂にでも出たんじゃないかって旦那は言ってました」

「姐さんは吉三郎に会ったことはありますかえ」

「ええ、何度かお座敷で。整った顔だちだったけど、目が怖かったのを覚えているわ」

「目ですかえ」

偽の佐平次も狂気を孕《はら》んでいるような目をしていたという。

「平助さん。吉三郎がどうかしたの。ひょっとして、江戸に舞い戻っているの？」

「いや、わかりません。姐さん、助かりました」

「あっ、もう行ってしまうの？　いろいろな話をしたいわ。佐助さんはいまどうしているの？」

あの佐助がいまをときめく佐平次親分だとは気づいていないようだ。

「姐さん。いずれ、寄せてもらいます」

平助は逃げるようにお徳の家を飛び出した。

佐助とお徳は幼なじみだし、会わせてやりたいと思ったが、佐平次親分となった佐助に会わせるわけにはいかなかった。

会わせれば、佐平次の秘密を知る人間を増やすことになるからだ。

しかし、あっけなく役者崩れの男のことがわかった。吉三郎が偽の佐平次だという証拠はないが、その可能性は十分にあると思った。

吉三郎は江戸に舞い戻っているのかもしれない。沢村伝次郎に詫びを入れ、もう一度、一座に戻ろうとしたのではないか。だが、断られた。そんな想像を働かせた。

平助は湯島天神に戻った。まだ、芝居はやっている。沢村伝次郎に会って話を聞きたいが、芝居がはねなければ話はきけないだろう。

平助は境内を出てから、鳥居を抜けて、坂を下って明神下にやって来た。

だが、まだ芝居がはねるには時間があるので足を伸ばし、昌平橋を渡り、八辻ケ原を突っ切って須田町にやって来た。

平助が向かったのは茂助の家だ。茂助のかみさんが一膳飯屋をやっている。

茂助は以前は岡っ引きだった。佐平次の生みの親のひとりだ。この茂助から捕り物のいろはを教わり、佐平次親分が誕生したという経緯がある。

裏口から入って行くと、茂助が縁側でつまらなさそうにたばこを吸っていた。平助に気づくと、茂助は表情を明るくし、

「平助じゃねえか。よく来た。さあ、上がれ」

と、うれしそうに言った。

「とっつあん、元気そうだな。安心したぜ」

部屋に上がって、差し向かいになって言う。

「なあに、元気なものか。毎日、退屈でならねえよ」

「退屈なのは元気な証拠だよ」

「やっぱし、俺は捕り物をしていたときのほうが楽しかったぜ。歳はとりたくねえな」

「とっつあんはまだ老け込む歳じゃねえ」

「そう言ってくれるのはうれしいが、だんだん体が言うことを聞いてくれなくなっているのがわかる。まあ、こんな話をしても仕方ねえ」

茂助が茶をいれてくれた。

「すまねえ、とっつあんにいれてもらって」

平助は湯飲みを受け取った。

「それより、佐助とお鶴さんはいつ帰って来るんだ？」

「ひと月ぐらいは向こうにいるようになるかもしれねえ」

「ひと月か」

茂助は目を細め、しばらく考え込んでいるようだったが、ふと口を開いた。

「なあ、平助。お鶴さんは、すべてを知っているぜ」

平助には何を言っているのかがすぐに理解出来た。

「あっしも、そうじゃねえかと思っていました」

「そうか。いつだったかここに来てな、三人は兄弟なんでしょうときかれたときにはびっくりしたぜ。佐平次親分のかみさんになったら、平助や次助のことをどう呼んだらいいかわからないから、ちゃんと教えて欲しいと言われた。昔、美人局《つつもたせ》をしていたことも知っていたぜ」

茂助は驚いたように言う。

数年前まで、平助、次助、佐助の三兄弟は佐助を女に仕立てて美人局をしていたのだ。

佐助が化けた若くきれいな女が道端でうずくまっている。そこを通りかかった男が女を介抱するために茶屋の座敷に連れて行く。ふたりきりになると、とてつもなく美しい女が甘えて来る。男がその気になったとき、強面《こわもて》の男と大男が乗り込んで来て、俺の妹に何をするのだとすごむ。被害に遭った男は世間体を考えて泣き寝入りをするから、あとで問題になることはない。

それを伊十郎と茂助に見破られ、捕まったのだ。それが、佐平次の誕生につながるとはそのときは想像もしていなかった。

「あのお鶴って女は勘も鋭く、才覚もある。男だったら、たいした出世をしていたに違いないな」

茂助が感心して言う。

「とっつあんの言うとおりだ。お鶴はすべてを承知していながら、佐平次の芝居に乗っかってくれていたんだ。おそらく、佐助はまだ気づいちゃいないだろう」

「そのうち、佐助にもお鶴がすべてを見抜いていることを教えてやるんだな」

「いや。そのうち、佐助のほうからお鶴にほんとうのことを言うでしょう。それまで、待ちますよ」

「そうか。平助がそう言うなら、それでいいが」

ふと、茂助が顔を上げた。

「そういえば、この前、井原の旦那に会ったんだが、なんとなく元気がない。何かあったのか」

「へえ」

伊十郎の不名誉なことを言うか言うまいか、平助は迷った。平助の迷いを見抜いて、茂助が言った。

「また、女のことで問題を起こしたんだな」

「わかりますかえ」

「わかるさ。あの旦那とは長いつきあいだからな。で、どういうことだ?」

「へえ」

「聞いたからって、旦那にそのことを言ったりしねえよ。安心して話しな」

「それはわかってます。じつは」

と、平助は事情をつぶさに話した。

「なんだと、偽の佐平次だと」

話を聞き終え、茂助は眦をつり上げた。

「どうやら、あっちこっちで金を揺すりとっているようなんです。佐助に似ていることから、役者崩れではないかと見当をつけて、そっちを調べているんです」

「役者崩れ？」

「へえ。三年前まで、沢村伝次郎一座に吉三郎という女形がいたそうです。身持ちが悪く、破門されたってことです」

「吉三郎なら知っている」

「えっ、知っているんですかえ」

「ああ、知っている。俺も何度か芝居を観たことがある。女形で、なかなかいい女になるのだが、目が怖いので、ふつうの女が出来ないんだ。そのことがあって、うだつが上がらなかった。不義密通を働き、相手の旦那に怪我《けが》を負わせ、一座をやめさせられたあと、どこかに出奔してしまったんだ」

茂助は腕組みをし、

「なるほど。あの男なら佐平次に化けられるかもしれない」

と、納得した。

「吉三郎は江戸に舞い戻っているんですね」

「そうだ。吉三郎の江戸での知り合いを探してみよう」

「わかるんですかえ」

「沢村伝次郎にきけば何かわかるだろう。俺と伝次郎は知らぬ仲じゃねえ。昔、地回りに因縁をつけられて困っているところを助けたことがあるんだ」

「それはありがてえ。助かります。じゃあ、伝次郎に引き合わせていただけますかえ。さっそく話をききに」

「平助。あわてるな。そいつは俺に任せろ」

「えっ、とっつあんに？」

「そうだ。そのぐれえのことはさせてくれ。そうじゃねえと、毎日が退屈なんだ」

「わかった。そうしてもらうと助かる。おっといけねえ、三太と待ち合わせをしているんだ。とっつあん、あっしはこれで。じゃあ、吉三郎のことを頼みましたぜ」

平助は立ち上がって言う。

「おう、任しておけ。明日の夕方までに調べておく」

茂助の声を背中に聞いて、平助は外に出た。

佐平次の偽者は吉三郎に間違いないと思った。しかし、あまりにあっさりと敵の正体が知れたことに、平助は微《かす》かな不安を覚えた。

湯島天神の境内でふと思いついたお徳のところに行って吉三郎のことを聞き、また三太との待ち合わせの時間があるからといって訪ねた茂助のところで、またも吉三郎の話を聞くことが出来た。

きのうまで苦労していたのがきょうになってすんなりはかどった。ものごとはこのようにうまくいくとは限らない。いや、うまくいくことのほうが少ない。

そのことに微かな不安を持ったのだ。

陽射しが翳《かげ》ってきた。再び、昌平橋を渡る。前掛けの小僧が足早に歩き、出前持ちも走る。仕事帰りか職人体の男が裏道に向かう。

明神下の『さわ』に入るとおすえが元気な声で迎えてくれた。

「いらっしゃい。三太さん、来ていますよ」

おすえが元気な声で言った。

「そうか。だいぶ、待たせてしまったかな」

「だいじょうぶですよ。平助さん」

おすえが眉根を寄せて、

「三太さん、どうかしたんですか」

と、声をひそめてきいた。

「どうしてだ?」

「言うことがなんだか芝居がかっているんです。おすえさん、すまねえと、気取って言ったりして」

「そうか。それなら心配ない。すぐ元に戻る」

どうやら、芝居に影響されてしまったようだ。

「それならいいんですけど。どうぞ、お二階に」

「じゃあ、上がらせてもらうぜ」

平助は梯子段《はしごだん》を上がって二階の小部屋に入った。

「三太、待たせたか」

「いや、そうでもねえ」

「どうだ、楽しかったか」

「ああ、おもしろかった。早野勘平もよかったけど、定九郎がよかった」

三太はにやついている。

「それはよかった。ところで、偽者に目星がついたぜ」

「えっ、ほんとうか」

三太は身を乗り出した。

「その前に何か食おう」

おすえのために何か頼んでやろうとして、平助は言った。

「深川飯じゃどうだえ」

「じゃあ、頼んで来る」

三太は部屋を出て、梯子段の下に向かって、深川飯をふたつ、と叫んだ。

戻って来て、

「いいぜ」

と、平助はきいた。

「平助兄い。誰だ？」

「じつは、茂助とっつあんから聞いたんだ。沢村伝次郎一座に三年前までいた吉三郎という男だ」

平助は経緯を話したが、お徳のことは言わなかった。

「間違いなさそうだな」

三太は拳を握りしめて言う。

「正体はわかったが、居場所はまだわからねえ。明日からは、居場所を探すんだ」

「佐平次親分の名を騙《かた》ったとんでもねえ野郎だ。必ず、とっ捕まえてやる」

片膝を立てて、三太は見得を切るように言った。なるほど、まだ芝居の世界から抜け出していないようだ。

「お待たせ」

おすえが深川飯を運んで来た。ご飯の上にあさりの味噌汁をかけ、葱《ねぎ》を振りかけてあるだけだが、あさりのむき身と汁と飯と葱が絡んでうまい。三太は夢中でほおばった。

食べ終わったあと、平助が言った。

「三太。たぶん、おうめ婆さんは俺たちのために夕飯の支度をしているはずだ。これから帰って、たべてやろうじゃねえか」

三太は目を丸くしたが、

「なあに、まだいくらでも入る」

と、腹をさすりながら言った。

第四章　八州廻り

一

二日後、佐助と次助は秀六の案内で岩鼻村の陣屋を訪れた。

秀六から関東取締出役の小幡喜兵衛《おばたよしべえ》が会いたがっていると言われ、高崎から出向いたのである。

陣屋には代官が村の若者などを集め、捨三の救出にやって来るであろう、天狗面の襲撃に備えていた。

いや、この機に一網打尽にしようと、待ち構えているのだ。

だから、捨三を江戸送りにせず、陣屋に留めているのだ。

代官の配下には手付《てつき》と手代がいるが、手付は小普請組の御家人の中から採用された。御代官手代は町人・百姓から代官が選んで採用した。

この手付・手代のうち古参者が御代官元締となって代官を補佐する。

佐助と次助は陣屋の中の小部屋で、御代官元締の小幡喜兵衛と会った。四十過ぎの大柄な武士だ。当然、江戸から出かけて来ているのである。

「小幡喜兵衛である」

小幡喜兵衛は横柄な態度だった。最初から敵意剝《む》き出しの感があった。

「そちが佐平次か。江戸で評判は耳にしている」

喜兵衛は口許を歪《ゆが》ませて続ける。

「秀六がだいぶそのほうを褒めたたえていたが、ここは江戸ではない。江戸の押し込みのような生っちょろい相手ではない。あまり、我らの足手まといにならぬように願いたい」

喜兵衛は厭味《いやみ》をぶつけてきた。

「きょう来てもらったのは、そのことを注意するためだ」

佐助は啞然《あぜん》として喜兵衛の顔を見た。

「なんだ、なにか不満か」

喜兵衛が蔑《さげす》んだ目を向けた。

「いえ、お願いがございます」

「なんだ?」

わざわざ呼び出しておいて、なんて失礼なんだと思ったが、ぐっと堪《こら》え、

「天狗面の一味の捨三に会わせていただけませんか」

と、頼んだ。

「なに、捨三と？」

喜兵衛は疑わしそうな目を向け、

「何のためだ？」

と、大きな目を剝いた。

「いま、小幡さまが仰《おつしや》られたように、あっしらは関八州を荒し回っている盗人《ぬすつと》に会ったことはありません。この機会に、ぜひどんな男か見ておきたいのです」

「よし。いいだろう。獰猛《どうもう》な顔を見て、腰を抜かすな」

「わかりました」

どうしても捨三に会わなければならないので、佐助は逆らわなかった。

「秀六。牢屋に案内してやれ。終わったら、さっさと、引き上げろ」

喜兵衛は奥に引っ込んだ。

「なんて奴だ」

次助が拳を震わせた。

「まあいい。ともかく、捨三に会うことだ」

「じゃあ、こちらへ」

秀六は別棟の牢舎に案内した。

屈強な若者が見張りをしていた。

「小幡さまに許しを得ている。捨三のところに案内してもらいたい」

秀六は牢番の若者に言った。

「こちらです」

若者は仮牢に連れて行った。

狭い仮牢の中に、不敵な面構えの男が壁にもたれて座っていた。ひとりだけだ。

「中に入れてくれ」

佐助が言った。

「危険です。凶暴な野郎ですから」

「心配ない」

次助がいっしょだという安心感があるから、佐助は強気だった。

錠を外し、牢番が扉を開けると、まず次助から中に入った。佐助もあとに続く。

佐助が目の前にしゃがむと、男は目を開けた。

「天狗面一味の捨三か」

佐助は静かに問いかけた。

ざんばら髪で、目のまわりは青く痣《あざ》があり、唇は切れている。着物は切れ、腕や胸にも痣があった。そうとう激しい拷問にあったようだ。

「俺は江戸の佐平次というものだ。おまえとは直接関わりはなかったが、不思議な縁からこうして顔を合わせるようになった」

「なにくだくだ言ってやがるんだ」

捨三はあえぐように声を出した。体は壁にもたれ掛かったままだ。

「天狗面一味の捨三に間違いないんだな」

「それがどうした？　なにも喋《しゃべ》らねえぜ」

「喋りたくなければ喋らなくていい。だがな、おまえを殺しに来る仲間を待っているとしたら、あまりにもおまえが哀れだからな」

「なんだと？」

捨三が大きな目で睨《にら》みつけた。

「おまえは、仲間が助けに来てくれると思っているんだろう。だが、それは違うぜ」

「なに寝ぼけたことを言ってやがる」

捨三は吐き捨てた。

「やっぱし、おまえもお人好しだな。おい。捨三。仲間がおまえをほんとうに助けに来ると思っているのか」

「当たり前だ。必ず来る。俺たちにはそういう掟《おきて》がある。仲間が捕まったら、必ず助けるとな」

「ほんとうにお人好しだぜ」

佐助はわざと相手を怒らせるように言う。

「このやろう。いい加減なことを言いやがって」

捨三は体を起こした。が、激痛が走ったのか、顔を歪めた。

「仲間が来たって、そんな体で動けるか。誰かが背負ってくれるっていうのか。それとも、駕籠《かご》を担いで迎えに来るか」

「さっきから聞いていりゃ、知ったようなことを言いやがって。てめえに何がわかるっていうんだ」

「そのぐらいはわかるさ。誰だって自分が可愛《かわい》いんだ。危険を冒してまで、おまえを助けに来るとほんきで思っているのか。いや、一味はここを襲撃するかもしれねえ。だが、おまえを助けるためじゃねえ。口封じのためだ」

「口封じ？」

「そうだ。おまえを殺しに来る」

「ふざけるな」

「よく、考えろ。おまえをここから助け出せたとしても、おまえを連れて逃げるのは無理だ。それより口封じのためにやって来ると考えたほうがいい」

佐助は声をひそめ、

「いいか。奴らはおまえに秘密を喋られるのが一番困るのだ。おまえが捕まったことではない」

「そうやって俺をはめようとしても無駄だ」

「よく考えろ。それとも、おまえは仲間のために命を捨てる覚悟なのか」

「……」

微《かす》かに、捨三の顔に狼狽《ろうばい》の色が見えた。佐助は内心でにやりと笑い、

「捨三。いいか。万が一に備え、秘密を文に認《したた》めておけ。もし、仲間が殺そうとしたら、俺が死んだら秘密を認めた文が八州さまのところに届くことになっていると言うんだ」

拷問で受けた傷が痛むのか、佐助の言葉に動揺したのか、捨三は口許をひん曲げ、顔を醜く歪めた。

「じゃあ、気持ちが変わったら、俺を呼べ。すぐに飛んで来る」

佐助はそう言ったが、捨三がそこまでするとは思えない。捨三が唯一、助かる道は仲間の救出以外にない。仲間に裏切られたら、たとえ仲間の襲撃を逃れても、待っているのは獄門しかない。

佐助は仮牢を出た。

外から中を覗《のぞ》くと、捨三は目を天井に向けていた。迷っているのだ。仲間に対して僅《わず》かに不信感が生じたのかもしれない。

外に出て、秀六にもう一度、小幡喜兵衛を呼んでもらった。

喜兵衛が不快そうな顔で出て来た。

「なんだ?」

「天狗面一味は捨三を殺すことが目的かもしれません。どうか、そのつもりで、捨三のことを……」

「黙れ」

喜兵衛が怒鳴った。

「さっき、わしが言ったことがわかっていないようだな。こっちの邪魔をするなということだ。わかったら、さっさと引き上げろ」

まったく、喜兵衛は聞く耳をもたなかった。

「奴らは捨三を助けるつもりじゃありません。口封じのために殺そうとしているんです」

「おい、佐平次。江戸じゃ通用するかも知れねえが、ここ上州の空っ風の中で育った連中はおめえの敵ではない。いいか。俺たちの邪魔だけはしてくれるな」

とりつく島がなく、喜兵衛は一方的に言ったあと、秀六に顔を向け、

「いいか。こいつらが足手まといにならぬように、よく諭しておけ」

と、命じた。

佐助は舌打ちした。

「仕方ない。引き上げよう」

佐助は次助に言った。

「一発、殴りつけてやりたかったぜ」

門に向かって歩きながら、次助がいまいましげに言う。

秀六があわてて追って来て、

「佐平次親分。申し訳ねえ。小幡さまはふだんは物わかりのよいお方なんです。天狗面が襲って来るかもしれないっていうんで、気が立っているんです」

と、訴えた。

「まあ、どっちみち、俺たちの出番はなさそうだ」

佐助は苦笑して言い、門を出た。

すると、 がらがら音をさせて、荷を積んだ大八車が門に向かって来た。手拭《てぬぐ》いで頬《ほお》かぶりをした男たちが大八車を引っ張ってきた。大八車の横に、鮫鞘《さめざや》の長脇差を差した羽織姿の男が付き添っている。

「あの男は、『相馬屋』の沢太郎じゃねえのか」

「そうです。あの荷物は酒樽《さかだる》ですよ」

佐助は口にした。

秀六が舌なめずりをした。

「酒樽?」

「へえ。差し入れです。沢太郎はときたま陣屋にお酒を差し入れているようです。なにしろ、荷の運搬の道中の安全を八州さまに守ってもらっているわけですからね」

「じゃあ、付け届けもたんまりしているんだろうな」

「そうですぜ。手付や手代など、酒、女には不自由しませんよ。みな、『相馬屋』持ちですからね」

「高崎藩にも食い込んでいるんじゃないのか」

「そうです」

「あちこちに金をばらまいているってわけか。それにしても、絹織物を運ぶのはずいぶんと金になるものだな」

感心しながら、佐助は大八車が門に消えていくのを見送った。


夕方に、佐助と次助は『若松屋』に戻って来た。

秀蔵の部屋に帰って来た挨拶《あいさつ》をした。

「ごくろうさん、どうだった？」

秀蔵がきいた。

「我らの邪魔をするなと御代官元締の小幡喜兵衛どのに厭味を言われて帰って来ました。残念ですが、我々は指をくわえて見ているだけです」

佐助はふっとため息をついた。

「まあ、いいではないか」

秀蔵がほっとしたように、

「天狗面のことは陣屋に任せ、佐平次さんはのんびりしてください」

と、言った。

「ありがとうございます。じゃあ、失礼します」

佐助は秀蔵の部屋を出た。

お鶴といっしょに自分たちの部屋に戻り、佐助はお鶴に切り出した。

「お鶴。そろそろ江戸に帰ろうかと思っている。これ以上、厄介になっていても無為に過ごすだけだ」

天狗面の探索に関わろうとしたが、それも叶わなくなったいまはここにいても仕方ない。それに、江戸が恋しくなっていた。

「お鶴はどうする？」

「私もいっしょに帰ります。ただ、あと二、三日待ってください」

「それはいいが、帰れるか」

「私にしたって、ここには居場所がありません。あとは兄さんと兄嫁に任せておけばだいじょうぶです」

「そうか。江戸に帰るか」

次助がうれしそうに言った。

「平助や三太が首を長くして待っているぜ」

佐助は狭い長谷川町の家を思い出した。おうめ婆さんが作ってくれる食事が恋しい。みなで、わいわいがやがやと楽しく飯を食いたい。

急に郷愁に誘われ、心が落ち着かなくなった。結果的には、小幡喜兵衛から締めだされたのはよかったということになる。

「お鶴。江戸に帰ったら、おまえは晴れて俺の女房だ」

「うれしいわ」

お鶴は佐助の胸にしなだれかかった。

「おいおい、ふたりとも、よせよ。俺がいるんだぜ」

「かまやしないよ」

「冗談じゃねえ。俺のほうが構わなくねえ。ちっ、ちょっと散歩してこよう」

次助はぶつぶつ言いながら、部屋を出て行った。

「お鶴」

佐助はお鶴の背中にまわした手に力を込めて抱きしめた。覚えず、お鶴の口から甘い吐息が漏れた。

二

その日の夕方から、平助と三太は南八丁堀五丁目のおしまの家を見張っていた。いつもの荒物屋の脇の路地に隠れている。

きのうときょうの昼間、元女形の役者吉三郎の行方を探したのだが、手がかりが摑《つか》めなかった。

やはり、吉三郎がおしまに接触するのを待つしかなかった。あれから数日経《た》ち、用心を重ねていたとしても、そろそろ動き出すだろうという予感があった。

「それにしても、井原の旦那には困ったものですねえ」

三太が呟《つぶや》く。

「あれで、案外気が小さい。だから、出かけられないのだ」

おしまの旦那の庄五郎のところに顔を出し、自ら正直に話したほうがいいと、伊十郎は納得したはずなのに、結局行かなかったのだ。

その後、庄五郎にも動きはなく、おしまの裏切りに気づいていないのかもしれないと思うようになった。

辺りは薄暗くなり、家々に明かりが灯り、京橋川を行く荷足舟の提灯《ちょうちん》の明かりが揺れている。

暮六つ（午後六時）の鐘が鳴り出した。

年増《としま》の女が稲荷橋を渡って来た。堅気のかみさんのようだ。

「あの女、おしまの家に行くようだ」

平助は女の動きを目で追う。やはり、おしまの家の前に立ち、格子戸を開けた。

中に入ってから、しばらくして出て来た。

女は元来た道を戻って行く。

「三太。気になる。あの女に声をかけ、どんな用事でおしまの家を訪ねたのかきいて来るのだ」

「わかった」

三太は周囲を見回してから路地を飛び出した。

おしまの家に変化はない。あれから、吉三郎はおしまと会っていないのか。それとも、どこかでうまく落ち合っているのか。

庄五郎に動きがないのはなぜか。まだ、間夫《まぶ》のことを知らないのか。

三太が戻って来た。

「あの女、年増の色っぽい女から文を頼まれたそうですぜ」

「年増の色っぽい女だと？」

そのとき、おしまの家の格子戸が開く音がした。

「どうやら、おしまが出かけるようだ」

吉三郎の呼び出しか。

なぜ、そんな真似《まね》をするのか。吉三郎は俺たちが見張っていることに気づいていたのだろうか。

そんなはずはない。見張りを気づかれたとは思えない。

おしまは本湊町に入った。隅田川沿いを南に向かう。おしまはせかせかした歩き方だ。明石町から今度は西に向かった。南飯田町から南小田原町に出る。

闇夜に西本願寺の大屋根が浮かんでいる。

おしまは西本願寺の門前に向かった。

「どうやら木挽町《こびきちょう》ですかね」

三太が囁《ささや》くように言う。確かに、この先は木挽町だ。料理屋や船宿がたくさんある。

そこのどこかで待ち合わせているのかもしれない。

西本願寺の塀が続き、左手は堀で、暗く寂しい場所だ。西本願寺の広大な敷地が切れたら、武家地になる。そこの角地にある辻番所の提灯の明かりが小さく見える。

おしまが西本願寺の表門前に差しかかったとき、表門のほうから黒い影が飛び出して来た。

きゃあというおしまの悲鳴が聞こえた。

「三太、抜かるな」

「合点だ」

平助と三太は駆けた。

「待て。やめるんだ」

平助が走りながら怒鳴った。

おしまが倒れた。黒い影が匕首《あいくち》を構えて覆いかぶさる。

「待て」

平助は鋭く叫ぶ。

賊の動きが止まった。一目散に逃げ出し、西本願寺の塀沿いの暗がりに逃げた。黒い布で頬かぶりをしていた。

「三太。おしまを頼む」

平助は賊を追った。

西本願寺の塀が切れ、賊は角を曲がった。平助も遅れて曲がる。右手に長い西本願寺の塀が続き、左手は小禄の武士の屋敷が続く。

平助は足を止めた。暗がりに賊は消えた。少し、辺りの様子を窺《うかが》いながら歩き回るが、賊の気配はない。

土塀に足跡がついていた。どうやら、西本願寺の境内に逃げ込んだようだ。

平助は舌打ちをした。

おしまのところに戻ると、三太がおしまを引き止めていた。

「怪我《けが》はないか」

「だいじょうぶのようです」

三太がおしまに目をやって答える。

平助はおしまのそばに立った。

「誰からの呼び出しだったんだね」

「……」

「吉三郎か」

「違います」

「じゃあ、誰なんだ？」

「さっき、襲って来た男はこう言いました。庄五郎旦那を裏切った罰だと」

「庄五郎を裏切っただと？」

「庄五郎はおまえに間夫がいるのを知っていたのか」

「はい。気づいていました」

「いつぞや、庄五郎は夕方の早い時間におまえの家にやって来たことがあったな。あれは、わざとおしまの間夫は北町同心の井原伊十郎だと庄五郎に告げたから来たのだな」

「……」

「黙っていても、もうネタは上がっているのだ」

平助はおしまを責めた。

「庄五郎は間夫を井原の旦那だと思い込んでいるのか、それとも吉三郎だと気づいているのか」

「わかりません。あの旦那は不気味なぐらい、そのことに触れようとしませんでした。何か知っているはずなのに」

「そうか。おまえに無言の脅しをかけただけか」

それは、おしまを始末する決心がついていたからか。そうならば、いまの襲撃は庄五郎の差し金ということになるが……。

だが、庄五郎の仕業だとしたら、やり口が稚拙だ。わざわざ、おしまを使いをやって誘《おび》き出す必要はない。

「呼び出しは庄五郎じゃない。文にはなんて書いてあったんだ？」

「ただ、『水月屋』で待つと」

「『水月屋』で待っているのは誰なんだ？」

「……」

「吉三郎だな」

おしまは頷《うなず》いた。

「おしまさん、ほんとうは吉三郎を疑っているんじゃないのかえ」

おしまははっとした。

「そうなんだな」

「わからないんです」

「わからない？」

「吉三郎さんが私を殺そうとするなんて」

まだ、吉三郎を信じたい気持ちがあるようだ。

「とりあえず、『水月屋』に行ってみよう」

平助と三太はおしまを伴い、木挽町に向かった。

木挽町に着く間、おしまに元気がなかったのは、やはり襲ったのは吉三郎の意を受けた者だという思いが強くなったからではないか。

三十間堀に出た。堀沿いに船宿や料理屋が並んでいる。『水月屋』はすぐにわかった。おしまを急《せ》かし、『水月屋』に向かう。

だが、おしまは玄関の前で立ち止まった。もし、ここに吉三郎が待っていたら、捕まってしまう。そう思ったのだろう。

「さあ、おしまさん。行くんだ」

平助はおしまの背中を押した。

おしまは尻込みしたように足を止めた。

「吉三郎がほんとうに待っているか、確かめるんだ」

やっと、おしまは玄関に入った。

玄関に女将《おかみ》が出て来た。

「吉弥《きちや》さんは来ていますか」

おしまはためらった末にきいた。

吉弥？　平助はおやっと思った。

「いえ、そのようなお方はお見えではありません」

吉弥とは吉三郎がここで使っている別名かとも思ったが、女将が不思議そうな顔をして答えたので、平助はおしまがとっさに嘘《うそ》をついたのだと察した。

この期に及んで吉三郎を守ろうとしたのだ。

「吉弥ではない。吉三郎という名だ」

平助は女将に言った。

「俺は佐平次の子分で平助というものだ。おかみのご用で訊《たず》ねている。正直に話してもらいてえ」

女将がおしまの顔を見た。答えていいものかどうか、目顔で訊ねているようでもあった。

「吉三郎さんなら、きょうはいらっしゃっておりません」

「間違いないな」

「はい」

女将がきっぱりと答えた。

おしまは顔面蒼白《そうはく》になっていた。

「おしま。これでわかっただろう。詳しいことを聞かせてもらおうか」

おしまは呆然《ぼうぜん》としていた。吉三郎が自分を殺そうとしたのだ。まさか、吉三郎に裏切られるとは思っていなかったのだから無理もない。

「女将、邪魔をしたな」

平助は声をかけてから、さあと言い、おしまを外に連れ出した。

だが、おしまは悄然《しょうぜん》としていて、今にも倒れそうだ。

「三太。駕籠を呼んで来い」

「わかった」

三太は駕籠を呼びに行った。

「おしま。駕籠が来るまで、店で休ませてもらおう」

もう一度、『水月屋』に戻ろうとしたら、おしまが口を開いた。

「ここで、だいじょうぶです」

「そうか。じゃあ、ちと寒いかもしれねえが我慢してくれ」

それからすぐに駕籠がやって来た。

「三太。ごくろうだった。さあ、おしま。乗るのだ。おめえの家までだ」

おしまが駕籠に乗ったあと、平助は駕籠かきに、

「まずは、稲荷橋を目指してもらおうか」

と、行き先を告げた。

「へい」

駕籠かきはほぼ同時に返事をし、駕籠を担いだ。

平助と三太は駕籠を追うように足早になった。

「三太、すまねえが井原の旦那の屋敷まで走ってくれ。おしまの家に来るようにと言うんだ」

「わかった。でも、いるかな」

「いなければそれでいい。いちおう、こっちも探したって言いわけが立つ」

「よし。じゃあ、あとで」

三太は走り出した。

四半刻（三十分）後には、平助と三太はおしまの家で対座していた。

おしまはずっと虚《うつ》ろな目をしていた。まだ、伊十郎はやって来ない。三太が屋敷に行ったとき、やはり帰っていなかった。それで、用人に言づけてきたのだと、戻ってきた三太は言った。

「来ませんね」

三太が舌打ちして言う。

「仕方ない。はじめるか」

平助が言ったとき、やっと伊十郎が駆け込んで来た。息を弾ませていた。走って来たようだ。

「何があったんだ？」

伊十郎は右手に刀を持ったまままきいた。

平助と三太がおしまの家に上がり込んでいるのに驚いたようだった。

「旦那。おしまが何者かに誘き出され、襲われたんですよ」

平助はこれまでの経緯を説明した。

伊十郎が顔をしかめて聞いていたが、平助の話が終わると、おしまに顔を向けた。

「おしま。佐平次の名を騙《かた》って、芝の商家から俺を使って金を騙《だま》しとったのは吉三郎なんだな」

「おっしゃる通りです」

おしまはだいぶ落ち着いてきた。すっかり、観念したようだ。

「俺に近づいたのも、吉三郎の差し金か」

「はい。佐平次親分の名を騙れば、おもしろいように金が入って来ると言ってました。もう少し、まとまった金を出させるためには井原の旦那を色仕掛けで……」

おしまはあとの言葉を濁した。本人の前では言いづらかったのか。

「旦那。もてたってわけじゃないようですぜ」

三太が横合いから言うと、伊十郎は睨みつけた。

三太はあわてて首を竦《すく》める。

「吉三郎にまんまとやられたわけですぜ」

平助が言うと、伊十郎は顔をしかめた。

「金の受け渡しにおまえに五十両を持たせて柳橋に行かせたが、あんとき、おめえは金を持ってでなかったんだな。家に置いておき、あとで吉三郎に渡した」

平助が伊十郎に代わってきく。

「ええ、神棚に置いていたんですよ。私が柳橋から帰ったら、金はなくなっていました。吉三郎が留守中にやって来て持って行ったんです」

「それから、庄五郎に井原の旦那のことを告げ口したが、なんのためにそんなことをしたのだ？　わざわざ間夫がいることを知らせる必要はあるまい」

「旦那は私に男がいるらしいと疑いはじめたんですよ。間夫がばれたら殺されてしまうと、吉三郎は考えを巡らせ、井原の旦那を間夫に仕立てることを思いついたんですよ」

「おめえは、西本願寺前で襲われたのは庄五郎の差し金だとはすぐには信じなかったようだ。どうしてだ？　吉三郎に疑いを向ける何かがあったのか」

「襲って来た男は黒い布で頬かぶりをしていましたけど、吉三郎の手下の欽二《きんじ》って男に声が似ていたんです。だから、ひょっとしてと思ったんです」

「それだけじゃあるまい。たまたま似ている声だったという可能性がある。他に吉三郎ではないかと疑う何かがあったんじゃねえのか」

「はい。私たちのことが岡っ引きに気づかれたという話を吉三郎にしたんです。そしたら、吉三郎の顔つきが変わって……」

「変わったというのは？」

「恐ろしい形相になって考え込んだんです。そして、もう俺たちはおしまいにしたほうがいいなと、ぽつりと言ったんです。だから、私は驚いて、あんたと別れるぐらいなら、御番所に訴えてやると言い返したんです。そしたら、吉三郎は急にやさしい顔になって、おまえと別れることなんて考えられないと言い出したんです」

「どうして、俺たちが疑いを向けたとわかったんだ。そんな気振りなど、俺たちは見せなかったはずだが」

「井原の旦那から聞きました」

「なんだと」

平助は伊十郎の顔を見た。

「旦那。五十両とられたあと、おしまに会いに来たんですかえ」

「ちょっと、確かめたいことがあってな」

「確かめたいこと？」

「うむ。だが、吉三郎って男とぐるになって俺を騙したのかと、つい問い詰めてしまった。だが、おしまはとぼけた」

伊十郎はおしまに冷たい目を向けた。

「旦那。よけいな真似をしてくださいましたね」

平助は伊十郎を責めた。

伊十郎は不貞腐《ふてくさ》れたように顔を背けた。

「まあ、済んでしまったことは仕方ありません。問題はこれからだ。おしま」

と、平助は顔を向けた。

「吉三郎の住まいは何処《どこ》なんだ？」

「知りません。昔の贔屓《ひいき》客のところを転々としているようです」

「なるほど。昔の贔屓客か」

役者をやっていた頃の贔屓客とは女だろう。そこに厄介になっているのなら、沢村伝次郎一座の者にきけば吉三郎を贔屓にしていた客の女のことはわかるかもしれない。

当然、亭主持ちではない。独り身の女か、夫に先立たれた後家か。そういった線で調べれば、吉三郎の居場所は突き止められそうだ。

「旦那。どうしますね」

平助は憮然《ぶぜん》としている伊十郎にきいた。

「何がだ？」

「おしまのことですよ。このまま、大番屋に送り込みますか」

おしまははっとしたように顔を上げた。

「もちろんだと言いてえが、一番悪いのは吉三郎だ」

伊十郎は口許を歪めて言う。

「そうですよね。おしまにあることないことお白州で喋られたら、旦那も困りますからね。じゃあ、そういうことにしましょう」

平助は勝手に決めた。

「なんだ、どうするんだ？」

「おしまは吉三郎に騙されていたってことですよ。言わば、被害者ってことです」

「まあ、そういうことだ」

伊十郎にとっても、そのほうが傷つかずにすむ。

「おしま、聞いてのとおりだ。吉三郎のことは、騙されたで押し通すのだ。いいな」

「ありがとうございます」

おしまは深々と頭を下げた。

そのとき、拍子木を打つ音が聞こえて来た。木戸番の番太郎の夜回りだ。そろそろ四つ（午後十時）になる。

「こんな時間になるのか。そろそろ引き上げましょう」

平助が腰を浮かせたとき、時の鐘が遠くで鳴り出した。

三

二日後の朝、ようやく東の空がしらみはじめた。

佐助とお鶴、そして次助は朝食を終え、旅に出る支度にかかった。いよいよ、江戸に帰る日を迎えたのだ。

秀蔵たちの見送りを受け、佐助は土間で草鞋《わらじ》を履いた。

そこに、誰かが転がり込むように駆け込んで来た。

「秀六じゃねえか」

秀蔵が顔色を変えた。

血相を変えた秀六はただならぬ様子で、大きく肩で息をしている。どうやら、岩鼻陣屋から駆けて来たようだ。佐助たちの見送りに間に合うように走って来たということではない。

佐助はとっさに天狗面の一味のことが脳裏を掠《かす》めた。

「秀六さん、どうかなさいましたか」

「襲われた。陣屋が天狗面の一味に襲われた」

荒い息づかいで、やっと秀六は声を発した。

「捨三はどうしたんですね？」

佐助はとっさに捨三の安否が気になった。

「捨三は……殺された」

秀六は無念そうに言った。

呼吸が落ち着いて来て、秀六が語ったのはおよそ次のようなことだった。

岩鼻陣屋では天狗面一味の襲撃に備え、毎晩夜通しの警戒をしていたが、昨夜の深更、突然、闇夜に鬨《とき》の声が上がり、松明《たいまつ》の明かりが揺れた。

すわ、天狗面の襲来だと、陣屋も迎え撃ち、手付や手代、雇い人たちが門を開いて出発した。残った者が陣屋の守りの態勢に入った。

だが、反対方向にも松明の明かりが揺れ、鬨の声が夜陰に轟《とどろ》いた。

しかし、代官所の手付や手代が松明のところまで駆けつけると、そこにはもう誰もいなかった。

しかし、引き返すと、また鬨の声を上げた。それで、また追撃に走ると、同じように姿を晦《くら》ました。

どうやら、あれは囮《おとり》だと気づき、陣屋に戻った。

何事もなく、過ごしたと安堵《あんど》したのも束の間、仮牢の様子を見に行った手代があわただしく飛んで来た。そのあわてふためいた態度に、もっとぴしっとしろと、喜兵衛がたしなめたほどだった。だが、知らせを聞き、喜兵衛もまた狼狽した。

捨三が殺されたのだという。牢番が殺され、牢屋の扉が開いていた。だが、捨三は逃げたわけではなく、仮牢の裏手で胸と腹を刺されて倒れていたという。

「ぜひ佐平次親分の力を借りたいと小幡さまが、仰っているんです。どうか、お願い出来ませんか」

　秀六は土間に跪《ひざまず》いて訴えている。

「しかし、小幡どのはさんざん言いたいことを言い、佐平次を追い払ったんですぜ。それに、今朝は江戸に帰る旅立ちの日なんです」

　佐助は難色を示した。

「佐平次親分のお言葉はごもっともでございます。でも、小幡さまはいまは反省しています。はじめから、佐平次親分の進言を聞いていればよかったと後悔しているのです」

　佐助は小幡喜兵衛からさんざんなことを言われ、追い払われたことを根に持っているわけではない。

　ただ、早く江戸に帰りたいだけなのだ。

　お鶴と次助が佐助の顔色を窺っている。早く帰って、また皆でおうめ婆さんの作ってくれた食事をたべる。

　そんな光景を目に浮かべると、自然に顔が綻《ほころ》んでくる。その楽しみを奪われたくないと思っている。

だが、お鶴の叔父がこうまでして頼んでいるのだ。それを無下にしていいのか。それに、捨三が殺されたことも胸に響いている。

あの男はいずれ死罪になる運命だったかもしれない。だが、仲間から口封じのために殺されるのは不本意だったはず。いや、無念だったに違いない。その危険を佐助は訴えていただけに、佐助にとっても捨三が殺されたことにはやりきれない思いがする。

次助がいれば、どんな凶悪な連中でも怖くない。

佐助には、ある自信があった。それは、自分は運を味方にしているということだ。どんな危地に陥っても、必ず助けが入る。

そう考えたら、自分の人生はすべて運だけで持っているようなものだ。三人兄弟で美人局《つつもたせ》で荒稼ぎをした末に、井原伊十郎と茂助に捕まった。死罪になるかもしれないという危機に、伊十郎から飛び出した言葉が、佐平次を演じれば罪を見逃すというものだった。

そして、その結果、佐平次親分として世間から騒がれるような存在になった。張り子の虎のような佐平次がここまでやってこられたのも平助や次助の力に負うところも大きいが、やはり佐助が持っている運の強さだろう。

佐平次になってからも運の強さはいたるところで発揮されている。難事件を解決出来たのも運の力も大きい。

　そして、今回、自分は運に恵まれていると実感したのは、烏川の河原で作蔵に襲われたときだ。あのときばかりは死を覚悟した。

　ところが、予期もしなかったことが起こった。次助が助けに来てくれていたのだ。あのとき、佐助は実感した。

　俺は何者かに守られているのだということを。その何者かはわかっている。死んだおっ母さんだ。

　平助と次助の父親が死んだあと、佐助の母は女手ひとつで三人の男の子を育てた。だが、佐助が六歳のとき、とうとう無理がたたって母は死んだのだ。

　俺たちとは血のつながりもないのにおっ母さんは命を削って俺たちのために働いて早死にしてしまった。どんなに感謝してもしきれねえと、平助兄いと次助兄いは言ってくれた。佐助はそのことがうれしかった。

　母は死ぬ間際、平助と次助に、佐助をたのむと言い残して死んで行った。俺にはおっ母さんがついている。おっ母さんがあの世から俺を守ってくれているのだと、佐助は信じていた。

「お鶴、次助。江戸へ帰るのは延期だ」

佐助が言うと、ふたりは黙って頷いた。

「それじゃ、佐平次親分。力を貸してくださるんで」

秀六がすがるように佐助を見上げた。

「微力ながら、お力にならしていただきますぜ」

佐助は天狗面との対決に奮い立つように言った。

その日の午後、佐助と次助は岩鼻陣屋にやって来た。

部屋に通され、御代官元締の小幡喜兵衛、それに手付と手代のふたりの侍が同席した。

「佐平次どの。お力を貸してくださるとのこと、ありがたく礼を申す」

先日、ぼろくそにけなしたことなどなかったかのように、喜兵衛はそのことには触れなかった。

「佐平次どのは、なぜ、捨三が殺されると考えたのでござるか」

喜兵衛は鋭い目を向けてきいた。

「いや。特に根拠があったわけではありません。ただ、いくら凶悪な一味とはいえ、この岩鼻陣屋を襲い、仲間を救い出すのは至難の業ではありますまいか。万が一、捨三を救い出せたとしても、その代わり一味の何人かは斬られたり、傷を受けたりするはず。果たして、そこまでするでしょうか。これが、捨三が一味のかしらだったり、なにか一味にとっての大事な存在だったというならともかく、ふつうの一味です。そんな男のために危険を冒すでしょうか」

佐助の説明に、喜兵衛は頷く。

「それでも、一味は陣屋を襲わねばならなかった。捨三を助けるためではないとしたら、それは殺す目的以外考えられません」

「なるほど」

喜兵衛は感心したように言う。

「しかし、なぜ、捨三を殺さねばならなかったのか」

脇にいた細身の手付が口をはさんだ。

「口封じというが、いったい捨三は何を知っているのか。仲間の顔と名前か」

「いえ、そんなものは知られたって、どうにでもごまかすことが出来ますから少しも怖くはないでしょう」

「では、隠れ家ですか。それを知られるのを恐れているのですか」

今度は手代の小肥《こぶと》りの侍が言う。

侍といっても、ほんとうの武士ではない。町人や百姓から代官が選び、採用したのである。

手代の職にあるときは苗字帯刀を許され、武士と同じ扱いを受ける。町人や百姓だといっても、こどもの頃から剣術の稽古《けいこ》に励んでいるものばかりである。

「隠れ家は、万が一、仲間が捕まったら場所を変えればなんら問題はありません」

「それはそうだ。奴ら、隠れ家を頻繁に変えているようだ。だから、なかなか尻尾《しっぽ》がつかめないんだ」

手付が佐助の意見に同調した。

「では、一味は捨三の何を恐れたのだ？」

喜兵衛が少しいらだったように口をはさんだ。

「おそらく、一味には裏で手を貸している人間がいるのではないでしょうか」

「裏で？　なんですか、それは？」

手代が身を乗り出す。

「天狗面は分限者《ぶげんしゃ》の屋敷を襲い、その都度、二、三千両を奪って行くのでしたね」

「そうだ」

「いったい、その金をどこで保管しているのでしょうか」

「あまり遠いところではあるまい。上州近辺だ」

「しかし、さきほどのお話ですと、奴らは頻繁に隠れ家を変えているようではありませんか」

「そうだ」

「そのたびに、盗んだ金も運ぶのは足がつきやすいんじゃありませんか」

「佐平次。そちの考えは？」

喜兵衛が膝を進めてきいた。

「その前に、これから申し上げることはあっしの推測に過ぎません。ですから、間違っていることは十分に考えられます」

「佐平次。もったいぶらずともよい」

「では、申し上げます。天狗面は飛脚屋を利用して、盗んだ金を上方に送っているんじゃないでしょうか」

「飛脚屋だと」

喜兵衛は皮肉そうに笑った。

「千両箱を幾つも送るのは無理だ。飛脚屋に不審がられるだろうからな」

手付と手代も頷く。

「もし、飛脚屋とつるんでいるとしたらどうですか」

「なに、飛脚屋と？　仮にそうだとしても、そんなたくさんの金を運ぶとなれば、道中で不審に思われるだろう」

「いいえ、金として運ぶのではなく、絹織物の中に紛れ込ませて送るんですよ」

「なんだと」

喜兵衛が目を見開いた。

「天狗面は盗んだ金を絹織物といっしょに上方に送っているというのか」

「そうだと思います。おそらく、天狗面の連中はこの一、二年で上州、野州などで押し込みをして荒稼ぎをし、盗んだ金は上方に送り、ある時点で押し込みをやめて、上州を去る。そんなことを考えているんじゃないかと想像出来るんですよ」

喜兵衛からも他のふたりからも問いかけはなかった。みな、考え込んでしまった。

やがて、喜兵衛が顔を上げた。

「佐平次。そなた、ひょっとして、その飛脚屋の見当をつけているな」

「へえ。あくまでも想像でしかありません。証拠はまだ何ひとつありません」

「いいだろう。あくまでも佐平次の想像だとして聞こう」

ほかのふたりも険しい表情で佐助を見た。

「じゃあ、言います。おそらく、小幡さまも想像されているのではないかと思いますが、高崎の連雀町にある『相馬屋』です」

「なに、『相馬屋』だと？　ばかな」

手付が吐き捨てた。手代も、顔をしかめている。

しかし、喜兵衛だけは表情をこわばらせていた。もっと、烈《はげ》しい反発を買うかと思ったが、喜兵衛は言葉を失っていた。

「『相馬屋』は各村にも出店があるようです。そこを経由し、まず高崎の本店に荷を集め、そこから隊列を作って上方や江戸に行くのです。おそらく、天狗面が襲撃した場所は、出店に近いところではないでしょうか」

「どうして、『相馬屋』に目をつけたんだ？」

やっと、喜兵衛がきいた。

「へえ」

と、佐助は三人の顔を見てから言った。

「じつは先日、この陣屋にお邪魔したとき、『相馬屋』の沢太郎さんが差し入れの樽酒を持ってやって来ました。その一行を見たとき、ちょっと違和感を持ったんです。確かに、荷駄を運ぶ道中の安全を図るためには八州さまにおすがりしなければならない。それで、差し入れするという気持ちはよくわかります。それだけなら、なんとも思わなかったのですが、その翌日の夜、天狗面一味の襲撃がありました」

「うむ」

と、喜兵衛は苦渋に満ちた顔をした。

「捨三が殺された経緯についてはおわかりですか」

「天狗面の一味が襲撃の混乱に乗じて陣屋内に進入し、捨三を殺したのだ。奴らは、たったひとりを陣屋にもぐり込ませるために鬨の声を上げて騒いだりして、我らの目を晦ましたのだ」

「いえ、あっしの考えでは、すでに一味のひとりは陣屋内に潜り込んでいたんじゃないかと思います」

「なんだと」

「あの襲撃騒ぎは、仲間を陣屋に潜り込ませるためではなく、捨三を殺した一味の者を陣屋から抜け出させるための作戦だったんじゃないでしょうか」

「なんと」

手付と手代があっけに取られた。

さすがに喜兵衛はすぐに冷静さを取り戻し、

「『相馬屋』の一行の中に、天狗面の一味が紛れ込んでいたというのか」

「そうとしか考えられません。その者は陣屋の建物のどこかに隠れたのです。入った人数より出て行った人数のほうがひとり少なかったはずです」

喜兵衛は腕組みをした。

「捨三が殺されたと聞いたとき、あっしはすぐにこの考えに落ち着きました。天狗面が盗んだ金を『相馬屋』の荷駄の隊列で送ったのなら代官所の人間は『相馬屋』の荷物を調べない。そうではありませんか」

「そのとおりだ」

喜兵衛は認めた。

「ちくしょう。小幡さま、これから『相馬屋』をとっ捕まえて問い詰めましょう」

手付が腰を浮かせた。手代も立ち上がろうとした。

「早まるな」

喜兵衛は叫ぶように言った。

「証拠はない。しらばくれられたら、どうすることも出来ん」

「小幡さまの仰るとおりでございます。ここは、『相馬屋』にはいまのことを気取られないように接し、尻尾を摑むことだと思います」

「佐平次の言うとおりだ」

喜兵衛は頷き、

「過去の天狗面の襲撃場所の近くに『相馬屋』の出店があるか調べるのだ。次に狙う場所の予想にもなる」

「わかりました」

手付と手代は頷いた。

「天狗面の頭領と『相馬屋』の沢太郎とはときたまどこかで接触しているはずです。沢太郎を見張っていれば、必ず天狗面が現れます」

「よし。顔の知られていない者を何人か高崎に送ろう」

喜兵衛は徐々に顔を紅潮させ、

「今度こそ、天狗面の一味を捕まえてやる」

と、意気込んで見せた。

佐助は話し合いを終え、部屋を出た。

喜兵衛が追って来て、

「佐平次」

と、呼び止めた。

「先日はよけいなことを言ってすまなかった」

「いえ、とんでもない」

「そなたの進言を聞き入れておればといまは後悔しておる」

「いえ、そうしたとしても、結果は同じだったと思います。勝負はこれからですぜ」

「佐平次、そなたはたいしたものだ」

喜兵衛は素直に感心し、去って行った。

俺がすごいんじゃないんですと、佐助は言いたかった。ほんとうにたいしたものなのはお鶴なのだ。

今朝、江戸への出立をとりやめたあと、佐助は部屋に戻って旅装を解いた。お鶴も着替えてからやって来て、やがて天狗面の話題になった。

陣屋に『相馬屋』の沢太郎が差し入れの樽酒を運んで来た話をしたときに、お鶴が言い出したのが、いま佐助が喜兵衛たちに話した内容のことだった。

あたかも、自分が考えたかのように述べることが出来るのが佐助の才能かもしれないが、佐平次としての能力は所詮《しょせん》借り物でしかなかった。

だが、いまではその借り物の佐平次を堂々と演じられるようになっている自分に、佐助は複雑な思いを持っている。

素のままの自分で生きたい。お鶴とは佐平次ではなく佐助として接したい。そんな思いに駆られることが多くなった。

「佐助。どうした？」

庭で待っていた次助の声に、佐助は我に返った。

「次助兄いか」

「どうしたんだ、ぼうっとして歩いて来たけど、また喜兵衛から何か言われたのか」

「いや、そうじゃねえんだ。小幡さんは佐平次のことをほめてくれた」

「そうか、そいつはよかったじゃねえか」

「ああ」

「どうした？　なんだか、屈託がある顔だぜ」

陣屋を出てから、次助がきいた。

「佐助。なんでも話してくれ。おめえがそんな顔をしていると、こっちの胸まで痛む」

次助もつらそうな顔をした。

「すまねえ、心配かけて。たいしたことじゃねえんだ」

「たいしたことじゃなくても話してみろ」

次助はいたわるように言う。

「往来じゃひとが通る。あっちで休んで行こう」

路傍に、馬頭観音が祀《まつ》ってある。次助はそこに向かった。

次助兄いはほんとうに俺のことを思ってくれているのだと、佐助は胸が熱くなった。

馬頭観音の脇の岩に腰を下ろし、次助が口を開いた。

「いい天気だ」

「ほんとうだな」

佐助は空を見上げた。空は青く澄んでいた。

次助は急かすことなく、佐助が話し出すのをじっくり待ってくれているのだ。その思いが伝わり、佐助は深呼吸してから心情を吐露した。

「さっき小幡さんからほめられた。最近、ほめられればほめられるほど、このあたりがちくちくと針で刺されたようになるんだ」

佐助は胸に手を当てた。

「ほめられりゃ、うれしいはずだが？」

次助は不思議そうにきく。

「ほめられているのは俺じゃない。実際にはお鶴の言ったことをそのまま話しているに過ぎない。若月小太郎のこともそうだ。あれは次助兄いのおかげだ。それに、俺は次助兄いがそばにいてくれると思うから、佐平次親分を演じられているんだ。ひとりじゃ何も出来ない」

「佐助。そんなことはねえ。おまえだって、いまじゃ立派な……」

「兄い」

佐助は次助の言葉を制した。

「俺はひとからほめられなくてもいい。尊敬されなくてもいい。ありのままの自分でいたいんだ。お鶴の前でも、佐助でいたいんだ」

「……」

「ほんとうにほめられるべきなのはお鶴であり、次助兄いじゃねえか。それがほめられるのは佐平次だ。だが、佐平次は俺じゃねえ。そう考えるとなんだか悲しくなってきたんだ」

「佐助。俺は頭が悪いからなんて言っていいかわからねえ。だが、これだけは言えるぜ。佐助だからこそ佐平次をやってられるのだ。だれもかれもが佐平次になれるわけじゃねえ。その佐平次がひとさまからほめられ、尊敬されるってことは、佐助がほめられたと同じだと、俺は思うがな」

「そうかなあ。でもありがとう」

佐助は顔を赤らめて答えた。

「別に礼を言われるほどのことじゃねえ」

次助は照れたように立ち上がり、馬頭観音の前に向かった。

佐助も次助の横に立った。

「兄い。おかげですっきりした」

横で手を合わせている次助に言い、佐助も馬頭観音に手を合わせた。

四

その日、平助と三太は吉三郎を追い求め、走り回った。

まず、座頭の沢村伝次郎に会い、三年前まで吉三郎を贔屓にしていた客の名を何人か聞き出した。

商家の後家、常磐津《ときわず》の師匠。芸者、妾など、吉三郎の贔屓客は多かった。それらを片っ端から訪ねた。

夕方には、西河岸《にしがし》町《ちょう》の日本橋芸者の家に行ったが、吉三郎とはあれっきり会っていないという返事だった。

これでひとどおりの家を訪ねたことになったが、吉三郎を面倒見ている、あるいは最近になって吉三郎を見かけたという女はひとりもいなかった。

いったい、吉三郎はどこに身を隠しているのか。先の女たちも、吉三郎を匿《かくま》うような人間には心当たりがないということだった。

平助と三太が日本橋の高札場の前に差しかかったとき、若い男が腰を屈《かが》めながら近寄って来た。

「親分さん」

「おや、おめえは、確か栄吉」

平助は相手の顔を見た。

三十過ぎの色の浅黒い男に頼まれ、鉄砲洲稲荷の常夜灯まで金をとりに来た男だ。

「どうした?」

「へい。あの男を見つけました。稲荷まで金をとりに行かせた男です」

「ほんとうか。間違いないか」

思わぬ知らせだった。

「へえ。目がつり上がって、頬がこけて鋭い顔つきでした。痩《や》せて背が高かった。間違いありません」

「どこで見かけたのだ？」

ひとけのない場所に移動し、平助はきいた。

「小川町にある旗本屋敷で開かれている賭場《とば》です。ですが、その賭場の場所は勘弁してください。迷惑がかかると、あっしの立場がなくなるんで」

「きいたふうな口をきくぜ」

三太が厭味を言う。

「その代わり、その男のあとをつけて居場所を見つけました」

「どこだ？」

「三河町にある駕籠屋の『駕籠庄』です」

「『駕籠庄』だと？　やい、いい加減なことを言うな」

三太が怒鳴る。

「ほんとうだ。間違いねえ」

栄吉は必死に言う。その態度に、嘘はなさそうだった。

「男の名も聞き出しました」

「なんていう名だ？」

「徳蔵《とくぞう》です」

「徳蔵？」

「じゃあ、あっしはこれで」

「栄吉、礼を言うぜ」

へえと、栄吉は頭を下げて去って行った。

「平助兄い。いまの話をどう思う？　なんだか、変だ。だって、『駕籠庄』の庄五郎の妾がおしまですぜ。おしまの間夫が吉三郎。吉三郎の仲間が徳蔵……」

三太の声は耳に入らない。平助は考え込んだ。

どこか、おかしい。

考えあぐねながら、橋を渡り、橋詰にある自身番の前を通ると、中から店番の男が声をかけた。

「平助さん」

「兄い。呼んでますぜ」

三太が気づいて自身番に顔を向けた。

平助が自身番に入って行くと、店番の男が、

「井原の旦那が探していましたぜ。もし、会ったら屋敷に来るように伝えてくれと言

ってました」

「わかりやした」

礼を言い、平助と三太は自身番を出た。

その夜、平助と三太は伊十郎の屋敷に行った。

伊十郎はふたりを部屋に上げたが、茶のいっぱいが出るわけではない。長谷川町の家に来たときは、伊十郎はいつも酒を催促し、たまには飯を食って行くこともある。だが、こっちが屋敷を訪ねてもなにも出さないと、いつも三太が不平を言っているが、今夜もそうだった。

「旦那。何かありましたか」

渋い顔の伊十郎にきいた。

「吉三郎の行方はどうだ？」

「いえ、まだ」

「そうか」

伊十郎はますます顔を暗くする。

「旦那。どうかしたんですかえ」

「明日、庄五郎に呼ばれている」

「庄五郎に？」

「ああ。今朝、庄五郎の使いが来て、明日、相談したいことがあるので『駕籠庄』までお出《い》で願いたいという文を持って来た」

「行くんですか」

三太がきいた。

「行かざるを得まい」

「用件はなんでしょう」

「おしまのことだろう」

「だから、早めにこっちから出かけて行けばよかったんですよ。そしたら、向こうの感情だって……」

伊十郎に睨まれ、三太はあとの言葉を呑んだ。

「旦那。あっしもお供しましょう」

平助が言うと、伊十郎は表情を微かに明るくした。

「行ってくれるか。平助もいっしょになって弁明してくれたら、庄五郎も無理なことを言わないだろう」

そのつもりで、伊十郎は今夜平助を呼んだに違いない。だが、平助には他に目的があった。

さっきの栄吉の話から気になっていることがあった。

まず、庄五郎がどう出るか、それを見定めてからだと思った。

「旦那。じゃあ、明日」

平助は言い、立ち上がった。

外に出ると、月が皓々《こうこう》と照っていた。

「平助兄い。庄五郎はいったい何を考えているんでしょうか」

「おそらく、井原の旦那に何かやらせるつもりだ」

「旦那を何かに利用するってことですね」

三太はすかさず応じる。

「そのとおりだ」

「あれ、兄い。こっちじゃ？」

路地を出てから、平助は帰り路と反対に曲がろうとした。

「おしまに確かめたいことがある」

平助は足早になった。

おしまは旦那の庄五郎に内証で間夫の吉三郎と逢瀬《おうせ》を楽しんでいたようだ。が、どうやら庄五郎も納得の上で吉三郎はおしまと会っていたようだ。

吉三郎の目的は井原伊十郎を罠《わな》にかけることだったのかもしれない。いったい、庄五郎は伊十郎に何をやらせようとしているのか。

稲荷橋を渡り、鉄砲洲稲荷を背にして堀沿いを行く。くらがりにおしまの家が見えて来た。

格子戸の前に立ち、三太が戸を叩いて呼びかける。

「ごめんよ。おしまさん」

何度か呼びかけたが、返答がない。

「妙だな」

裏手にまわったが、裏口も閉まっていた。

「隣できいて来い」

平助は三太に命じる。

三太は隣の家に行った。やがて、三太が戻って来た。

「昼過ぎに出かけるのを見かけたそうですぜ」

「出かけたのか……」

まさか、また呼び出されたのではあるまいか。

気になりながら、平助と三太は引き上げた。

翌日、朝飯を食べ終わってから、平助と三太はおしまの家に向かった。

鉄砲洲稲荷に向かうのか、老夫婦とすれ違った。

隣家の女房が、きのう遅く、おしまが帰って来たと教えてくれた。

おしまの家の前に立ち、三太が格子戸に手をかけた。だが、閉まったままだ。三太が戸を叩いて、呼びかけた。

だが、応答はない。

「気にかかる。入ってみよう」

平助は三太に声をかけた。

裏手にまわり、三太は物干し台を見つけた。あの上に上がり、部屋に侵入出来そうだった。

「三太、上がれるか」

「なんとかだいじょうぶだ」

三太は隣家の塀によじのぼり、それから、おしまの家の物干しに乗り移った。

三太が二階の部屋に消えた。

しばらくして、三太が裏口を開けた。青ざめた顔をしていた。

「おしまいたのか」

三太の顔色で、平助は最悪の事態を察した。

家に入ると、居間の鴨居《かもい》に帯を通し、首をくっていた。見苦しくならないように、足首を紐で巻いてあった。

覚悟の自殺だとわかった。

「自身番に知らせろ」

「へい」

三太が出口に向かった。

平助は足元に文が置いてあるのに気づいた。平助は手にとった。

私を騙した庄五郎と吉三郎が憎い。庄五郎は『武蔵屋』を乗っ取ろうとしている。仇をとってください。文には、そう記されていた。

その日の夕方、平助は伊十郎といっしょに三河町にある『駕籠庄』を訪れた。

内庭に面した部屋で、伊十郎は庄五郎と向かい合い、平助は少し下がって座った。

庄五郎は博徒上がりで、その後、駕籠屋やひと入れ稼業などをして大きく伸《の》して来た男だ。

「井原さん。そちらさんは目障りなんだが」

庄五郎が厳《いか》めしい顔を平助に向けた。

「拙者が使っている男です。気にしないでいただきたい」

伊十郎が突っぱねるように言うと、庄五郎は口許に微かな笑みを浮かべた。

「よろしいでしょう」

「庄五郎。わざわざ呼び出したからには何か重大な話でもあるのではないか。早く、聞かせてもらいたい」

「そうですか。では、さっそく話に入りましょうか」

庄五郎は厳しい顔になり、

「私の妾のおしまをずいぶん可愛がっていただいたそうで」

と、切り出した。

「さあ、なんのことかな」

伊十郎はとぼけた。平助の指示どおりの受け答えだ。

「しらをお切りになっても無駄です。それから、聞くところによると、芝の商家から金を脅し取ったと聞いておりますが」

「ほう。誰から聞いたのだ?」

「被害に遭われたお方からですよ。神明町にも『駕籠庄』の出店があります。あの辺りの商家の旦那方とは懇意にさせていただいております」

「お奉行にも付け届けをいっぱいしていると聞いている」

「おそれいります」

庄五郎はまたも口許に冷笑を浮かべた。

「庄五郎。早く、用件を言ってもらおうか」

伊十郎は急かした。

「では、言いましょう。井原さまには、これから本石町にある料理屋『武蔵屋』に行ってもらいたいのです」

「『武蔵屋』だと? なんのためだ」

「『武蔵屋』の主人が博打《ばくち》で借財をこしらえ、そのあげく自殺してしまった。『武蔵屋』が借金の形になっている。その借用書は私が買い取った。したがって、『武蔵屋』は私に金を返さなければならないんです。ところが、内儀さんや伜《せがれ》が、そんな借用書は信用出来ないと言い張るんです。井原さんにはただ、その場に同席していただければいいんですよ」

「つまり、拙者がその借用書にお墨付きを与えるということか」

「まあ、そういったところです」

「出来ないな」

「出来ないですと？　ならば、お奉行に私の妾を寝とったこと、及び、商家から金をせびりとったことを訴えるまで」

「よかろう。出来るなら、そうしろ」

伊十郎が開き直ったように言うと、庄五郎は眉根を寄せた。

「旦那」

平助は膝を進め、

「おしまは死にましたぜ」

と、告げた。

庄五郎は口を半開きにした。

「遺書が残っておりました。そこに旦那と吉三郎の名が書いてありましたぜ。そして、『武蔵屋』のことも」

「なんだと」

庄五郎が目を剝《む》いた。

「旦那。『武蔵屋』の件ですが、『武蔵屋』が博打をした胴元っていうのは、旦那の昔の手下じゃないんですかえ。借用書が旦那の手元に渡った際に、借金の形が書き換えられてしまった可能性がありますぜ。それだけじゃねえ。『武蔵屋』の主人の死だって、自殺ってことになっているが、ほんとうはひとの手にかかっている可能性もありますぜ。場合によっちゃ、その線で調べなきゃならねえって、いま井原の旦那と相談しているところなんですよ。いや、この際、徹底的にその賭場をぶっ壊すまでやるしかねえと」

「……」

「そうなると、ちょっと大事になりますね」

「おまえさんの名は？」

「へえ、あっしは佐平次の子分で平助と申しやす」

「そうか、おまえさんが平助か。若いのに俺を脅すなんていい度胸だ」

「別に脅すなんて気はありません。ただ、『武蔵屋』さんの件はちょっと無茶じゃねえかと思うんですよ」

「諦《あきら》めろというのか」

「へえ。そうしていただけると、こっちも余計なことはしなくてすみます」

「ちっ。仕方ねえ。俺のまけだ」

「旦那。もうひとつ、お願いがございます」

「なんだ？」

「吉三郎と徳蔵という男を引き渡してもらえませんかえ」

　平助は一歩も引かないように迫る。

「吉三郎は旦那の妾おしまの間夫だ。その吉三郎はおしまを使って井原の旦那を籠絡《ろうらく》させ、詐欺の片棒を担がせた。その吉三郎の仲間が徳蔵ですよ」

「……」

「吉三郎は『駕籠庄』の旦那の指図どおりに動いただけだと言い逃れを言うかもしれねえ。だが、あっしたちはそんな言い訳を信じませんぜ。ただし、ふたりを引き渡していただけるんでしたらね」

「平助。てめえはたいした男だ。肝の据わりようはただ者じゃねえ。気に入ったぜ」

　庄五郎は舌を巻いたようだった。

「だが、俺の立場もわかってくれ。ふたりを引き渡すことは出来ねえが、ふたりが住んでいる場所を教えよう」

「それで結構でございます」

「あのふたりは共に喧嘩《けんか》慣れしているが、おめえの敵ではなさそうだ」

「じゃあ、これで話がつきやした」

そう言ったあとで、平助は懐から文を取り出した。

「こいつはおしまさんの遺書でございます。旦那にお渡しします。破るなり、燃やすなり、いかようにも」

庄五郎はその文を受け取り、開いた。

庄五郎は目を通してから大きくため息をつき、その文を細かく破った。

「旦那。もうひとつお願いがございます」

平助が言うと、庄五郎は即座に返した。

「おしまの供養は俺がちゃんとする」

「さすが、旦那だ。ありがとうございます」

平助は手をついて頭を下げた。

「俺のぼろ負けだが、負けたのに、こんなにすっきりしたのははじめてだ。平助」

「へい」

「たまには俺のところに遊びに来てくれ。久しぶりに骨のある奴と出会えて、俺はうれしいぜ」

庄五郎は満足そうに言った。

その夜、平助と三太、それに伊十郎の三人は、『駕籠庄』の持家である昌平橋北詰の湯島横町にある一軒家に迫った。

万が一に備え、周囲を奉行所の小者が遠巻きにしている。

三太が連子窓《れんじ》の下から戻って来た。

「います。男ふたりに女がふたり。酒を呑んでいます」

「女がふたりいるのか」

伊十郎が顔をしかめた。へたに踏み込んで、女を人質にとられてしまう可能性がある。

「なんとか、女を引き離す手立てはないか」

伊十郎がいらだったようにきいた。

「酒に酔って寝込むまで待つしかないでしょう」

三太が答えた。

「まだ、だいぶ先だな。平助、何かないか」

「おそらく、男と女という組み合わせで一階と二階に分かれるでしょう。いずれにしろ、人質をとられる危険がある」

「じゃあ、どうしたらいいんだ？」

「三太」

平助は声をかけた。

「おすえさんに頼めねえか」

「おすえさんに？」

「あの家を訪ねてもらうんだ。ひとりだけでも土間に出てくれれば、女を外に引き出せる。その間、二階から忍び込んでもうひとりの女を助ける」

三太は迷った。

「三太の考えでいい。危険なことだ。おすえさんにそんな真似をさせられねえと思ったら、いい。別の方法を考える」

「いや、頼んでみる」

「そうか。だが、無理に頼むんじゃない。嫌がったら、それ以上は頼むんじゃない。いいな」

「わかった。じゃあ、行って来る」

三太は明神下に走って行った。

一膳飯屋『さわ』のひとり娘おすえに危険な真似をさせることに忸怩《じくじ》たる思いもあったが、平助はあえて三太を行かせた。

四半刻（三十分）足らずで、三太がおすえを連れて戻って来た。

「平助兄い。おすえさんが引き受けてくれた」

「おすえさん、すまねえ」

平助はおすえに頭を下げた。

「で、なにをすればいいのですか」

「あの家の戸を叩き、中に入ってもらいたい。女がいる。ひとりでもいい。男たちから女を引き離したいのだ」

「わかりました。やってみます」

おすえは緊張した表情で言った。

「おすえさん。俺がついているからだいじょうぶだ」

「ええ、三太さんがいるから心強いわ」

「よし。じゃあ、俺は物干しに上がって二階から忍び込む」

平助は小者に梯子《はしご》を持って来させた。

「じゃあ、旦那。あっしが二階の部屋に消えたら、おすえさんを行かせてください」

「わかった」

中では一階で酒盛りをしている。

平助は裏にまわった。

平助は小者が物干しにかけた梯子を上った。そして、二階の窓の障子を開け、部屋に入った。

真っ暗だが、すぐに目は馴《な》れた。廊下に出ると、みしりと音がする。端を歩き、梯子段に向かった。

そのとき、格子戸を叩く音と共に、女の声が聞こえた。

「姐《ねえ》さん、いらっしゃいますか。すみません、姐さん」

女が商売女と踏んで、あのような呼びかけをさせたのだ。

「あれ、誰かしら。あんたじゃないの」

「あたしじゃないわ」

女のやりとりが聞こえた。その間、男たちの注意が散漫になっているので、平助は梯子段を下りた。

そっと覗くと、女が土間に下りた。

男ふたりは警戒ぎみに戸のほうを見ている。もうひとりの女は吉三郎らしき男の横に座ったままだ。

女が心張り棒を外し、格子戸を開けた。

「姐さん、おりますか」

おすえがきいた。

「姐さんって、お時《とき》さんのこと?」

そうきいた瞬間、女の体が外に引っ張り出された。三太が女の手を引っ張ったのだ。

女の悲鳴が上がったと同時に、平助はとびだし、吉三郎のそばにいた女をかばった。

「ご用のものだ。吉三郎、徳蔵。観念しろ」

女に言い聞かせ、平助は手製の十手を構えた。二丁の十手を紐で結んだものだ。

その間に、伊十郎が飛び込んで来た。

吉三郎が匕首を抜いて、平助に襲いかかった。

平助は十手で匕首をはじき、もう一つの十手で吉三郎の肩を思い切り叩いた。

悲鳴を上げて、吉三郎は倒れ込んだ。徳蔵も、伊十郎の十手で手首を打たれ、うずくまった。

「吉三郎。おまえが佐平次親分の偽者だな」

平助は吉三郎の顔を見た。

目つきの悪い男だ。どこが佐助に似ているのか不思議だった。

「おい、なぜ、おしまを殺そうとしたんだ」

「あの女、深情けで嫉妬《しっと》深かったからよ。岡っ引きに訴えてやるなんて言い出したから、邪魔になったのよ」

「きさまって奴は……。おしまは死んだんだ」

「死んだ？」

「ゆうべ、首をくくった」

「ちっ。ばかな女だ」

「この野郎」

平助は吉三郎の頬を思い切り殴った。

吉三郎と徳蔵は縄で縛られ、小者たちの手で連れて行かれた。女たちは名前と住まいを聞いて帰した。

「おすえさん。ありがとう。無事にすんだ」

平助はおすえに礼を言い、三太に向かって、

「俺は大番屋まで行く。おめえはおすえさんを送って行ってやれ」

「へい」

と、三太は明るい声を出した。

場合によっては、おすえは岡っ引き三太親分のかみさんになるかもしれないのだ。このぐらいの捕り物の経験は将来助かるだろうと、平助は勝手に思った。

五

翌日の朝、佐助が朝飯を食べ終わったあと、外で若い衆の声がした。

「佐平次親分。よろしいですかえ」

「どうぞ」

佐助が声をかけると、若い衆が言った。

「いま、玄関に『相馬屋』の使いの者が、佐平次親分にお目にかかりたいと来ておりますが」

「『相馬屋』の使い？」

佐助は緊張した。

「わかりました」

佐助は立ち上がった。

玄関に行くと、土間に小肥りの男が立っていた。

「佐平次親分でいらっしゃいますか。あっしは『相馬屋』のものでございます。手前どもの主人沢太郎からの使いで参りました。ぜひ、佐平次親分にお近づきになりたく、一献差し上げたく、今夜、鳥川沿いにある『高砂屋』という料理屋にお越し願えないかということでございます」

どんな目的で呼び出したのかわからないが、沢太郎に近づくいい機会でもあった。

「わかりました。お伺いするとお伝えください」

「ありがとうございます。では、失礼させていただきます」

使いの男が去って行くと、お鶴が出て来た。

「なにかしら」

天狗面一味との関わり合いを疑っていることは、まだ感づかれてはいないはずだ。それに、もし、そのことに気づいているとしたら、佐平次をどうのこうのするより、代官所のほうを問題にするはずだ。

「わからないが、沢太郎に会えば何か摑めるかもしれない」

「でも……」

お鶴が眉根を寄せた。

お鶴といっしょに部屋に戻ると、

「親分、なんでしたね」

と、次助がきいた。

「『相馬屋』の沢太郎からの誘いだったわ」

「『相馬屋』の沢太郎ですって」

次助が険しい顔つきになった。

「こっちが疑っていることに感づきやがったのか」

「いや、それなら佐平次より代官所のほうが気になるはずだ。佐平次だけ襲っても仕方ない」

「そうですね。でも」

お鶴も何か引っかかるようだった。

「お鶴、なんだ？」

「天狗面にとって、何か親分のことで気にかかることがあるんじゃないかしら。たとえば、親分が天狗面の手がかりを摑んでいると思わす何かが……」

「いや、そんなものがあるはずはない。いや、待てよ」

佐助ははたと思い出したことがあった。

万が一に備え、秘密を文に認めておけ。もし、仲間が殺そうとしたら、俺が死んだら秘密を認めた文が八州さまのところに届くことになっていると言うんだ。佐助は、そう捨三に言ったことがある。

捨三がそのとおりにするとは思えなかった。だが、捨三は自分を殺しに来た仲間に、そう告げたのかもしれない。

捨三の話を、仲間はどう聞いたのか。捨三の言葉を信じたか、出鱈目《でたらめ》だと思ったか。そのことを確かめるため、佐助に接触を図った可能性もある。

「じつは、捨三にこう言ったことがある」

と、佐助は話した。

「そうかもしれません。天狗面は捨三がすべての秘密を佐平次親分に明かしたかもしれないと疑心暗鬼になっているんじゃないかしら」

お鶴は眉根を寄せ、

「そうだとしたら、親分を襲うかもしれないわ」

「だいじょうぶだ。俺がついている」

次助の言葉が頼もしい。

「よし。敵陣に乗り込む」

「親分。秀六叔父さんに話して、周辺を手配してもらいましょうか」

お鶴が心配そうな顔できく。

「いや、代官所がへたに動いたら、奴らに気づかれてしまう。当然、奴らは用心して、代官所の動きにも目を光らせているはずだ」

「親分の仰るとおりだと思いますが……」

お鶴が不安そうな表情になった。

「心配ない。次助がついている。それに、代官所の手の者が沢太郎の動きを見張っているはずだ。何かあれば、その者から代官所に知らせがいくだろう」

「わかりました。では、私もごいっしょします」

「いや、だいじょうぶだ」

何か言いたそうだったが、お鶴は口を閉ざした。

「次助。いよいよ、今夜が勝負だ」

佐助は自分の運に賭けてみようと思った。

夜になった。お城の天守が闇に微かに浮かんでいる。濠《ほり》に沿って烏川に向かう。

『高砂屋』はこぢんまりした料理屋だった。だが、門構えも立派で、江戸の老舗《しにせ》の料理屋を思わすような小粋《こいき》な二階建ての建物だった。

佐助と次助は玄関に入り、女将らしい気品のある女に、『相馬屋』の沢太郎の名を告げた。

「はい、お伺いしております。さあ、どうぞ」

女将の案内で、二階の部屋に通された。まだ、沢太郎は来ていなかった。

「ぜいたくな造りだ」

檜《ひのき》の柱に一輪挿し。竹藪《たけやぶ》に虎の絵の見事な屏風《びょうぶ》。

窓を開けると、川のせせらぎが聞こえる。

「呼び出しておきながら、遅いな」

次助がいらだって言う。

ここについてから、四半刻（三十分）は経っている。佐助も落ち着かなくなったとき、ようやく部屋の外で女将の声がした。

「お見えでございます」

襖《ふすま》が開いて、裾《すそ》の長い羽織で、右手に鮫鞘の長脇差をもった男が入って来た。次助を見て、一瞬、顔をしかめた。

対座してから、

「『相馬屋』の沢太郎です。佐平次親分、お出でいただきありがとうございます」

沢太郎はえらの張った顔で、目つきが鋭い。

「佐平次にございます。ここに控えているのはあっしの子分の次助と申します。廊下に控えさせていただきますので」

「いや、ごいっしょにどうぞ」

沢太郎は鷹揚《おうよう》に言う。

「いえ、それはずうずうしいというもの」

「構いませんよ。女将、膳は三つだ」

「はい、畏《かしこ》まりました」

女将が出て行ってから、すぐに仲居が酒を運んで来た。

酒を呑みはじめて、しばらくとりとめのない雑談を続けていたが、ふと、沢太郎がさりげなく言い出した。

「佐平次親分とは岩鼻陣屋ですれ違いましたな。陣屋にはどのようなご用で？」

「あの陣屋の仮牢にいた捨三という男に会いに行って来ました」

沢太郎の目が鈍く光った。

「天狗面の一味ですな。で、捨三とはどのようなお話を？」

「いろいろとです」

「いろいろとは？　仲間のこともですか」

「いえ、そこまでは言いません。ただ、おまえは仲間に口封じのために殺されるかもしれないと言ったら、もしそうなったら、仲間のことを書いた文をこの佐平次に届けると言ってました」

「しかし、その文をどこにかくしてたのでしょうか。仮牢にいる身で？」

「あっしもそのことがわからなかったのですが、やっとわかりました。明日、その場所に行って文を見てみるつもりです」

「どこですか」

「もちろん、陣屋の中ですよ。明日、陣屋に行けば、天狗面の一味や、その手助けをしている者のこともすべてわかるはずです」

佐助ははったりを利かせた。

「手助けをしている者とは？」

「盗んだ金の運搬ですよ。おそらく、天狗面の連中は金を上方か江戸に送っているんじゃないかと思われます。その運搬を手伝った者がいるはずです」

それから、沢太郎は口数が少なくなった。料理にもあまり箸《はし》をつけない。気にしているのだ。

「ちょっと失礼」

沢太郎が立ち上がった。

部屋を出て行ったあと、次助が小声で言った。

「仲間に合図しに行ったに違いない」

「うむ」

佐助が緊張した。

しばらくして、悲鳴が上がった。女将の声らしい。

佐助と次助が階下におりると、一階の奥の部屋で騒ぎがしていた。佐助はその部屋に駆け込んだ。

沢太郎が胸と腹から血を流して倒れていた。

「おい、しっかりしろ」

佐助が肩を抱き起こす。血を見ると目眩《めまい》を起こす佐助だが、いまは夢中だった。

「天狗面にやられたのか」

「俺は奴らに利用されていたんだ。手伝わないと、一家を皆殺しにすると脅されて

「……」

「やつらの隠れ家はどこだ？」

「倉賀野宿の外れ……」

最後まで言わないうちに、沢太郎はこと切れた。

天狗面のやり方は同じだ。捨三を見捨て、いままた沢太郎を見捨てた。

すでに、賊は逃げたあとだった。

秀六が駆けつけた。

「秀六さん、どうしてここに？」

「親分が沢太郎に呼び出されたと知って、この周辺を張っていたんですが、うまく逃げられた」

秀六は無念そうに言った。

それを天狗面の一味に見つかったのだ。それで、佐平次を殺《や》ることを取りやめ、口封じのために沢太郎を始末することにしたのだ。

「秀六さん。天狗面の隠れ家は倉賀野宿の外れにあるそうです。詳しい場所はわかりませんが、おそらく、一味はいったんそこに戻り、改めて荷物をまとめて逃亡するに違いありません。陣屋に知らせ、あの辺りの探索をするのです」

「わかりました」

沢太郎のことは女将から奉行所に知らせてもらうことにし、佐助と次助、それに秀六とその手の者は中山道を倉賀野宿に向かった。

高崎から倉賀野まで一里半（約六キロ）を半刻（一時間）あまりで着いた。秀六の案内で、宿場の問屋場に入った。

宿役人に陣屋に行ってもらった。半刻後に、黒塗りの陣笠《じんがさ》をかぶった小幡喜兵衛が例の手付と手代と共に馬で駆けつけた。

佐助は喜兵衛に沢太郎が殺された経緯を話した。

「なんという連中だ。用済みになった仲間を容赦なく殺して行くなんて」

喜兵衛は怒りに声を震わせた。

「沢太郎が奴らの隠れ家を、倉賀野宿の外れと言ってました。そこで、こと切れてしまい、その先のことは聞くことが出来ませんでした」

「よし。探索だ」

喜兵衛は意気込んだ。

そこに宿役人が近寄ってきて、

「佐平次親分、あのひとが呼んでますぜ」

と、教えた。

戸口に見覚えのある旅装姿の男が立っていた。

「作蔵」

佐助の命を狙った作蔵という盗人だった。

佐助は作蔵に近づいた。

「どうしたんだ、こんなところで？」

「親分。その節は……」

「おい、作蔵。何のようだ？」

次助がでかい図体《ずうたい》で迫った。

「待ってくれ。じつは、親分。天狗面の隠れ家を見つけたんだ。それを知らせようと思って」

「どうして、そんなことを知っているんだ？」

次助が問い詰める。

「佐平次親分への恩返しですよ。あれから天狗面のあとを追っていたんです。盗人仲間からいろいろな話を聞き出したりしましてね。それで、『相馬屋』の沢太郎に疑いを持って、沢太郎のあとをつけたら、さっきの出来事にぶつかったんですよ。あのあと、沢太郎を殺した男のあとをつけたんです」

「そうか」

「奴らは隠れ家から逃げる支度をしていましたぜ」

「よし、作蔵。案内してくれ」

「合点だ」

作蔵は張り切って答えた。


星が瞬いている。身を震わすような冷たい風が吹きつけている。だが、緊張しているせいか、佐助は寒さを感じない。

雑木林の中に廃屋のような百姓家があった。闇の中に、ぽつんと明かりが見えた。

秀六が近づいて行き、中の様子を窺って来た。

「十人近くいますぜ。みな、旅支度です」

「よし」

八州廻りは相手に怪我を負わしたり、斬り捨ててもよいことになっている。喜兵衛は佐助の前に立ち、

「ここは我らにお任せを」

「わかりました。万が一、こっちに逃げて来たものがいたら、取り押さえます」

「かたじけない」

喜兵衛は手の者に合図をし、隠れ家に近づいて行く。

「ちっ。俺も暴れたかったぜ」

次助が無念そうに言う。

「ここは小幡さんたちに手柄を譲らなくてはいけないんだ。最後まで佐平次の手を借りたとなれば、八州廻りの面子《メンツ》が立たない」

「佐助。おめえ、ずいぶんおとなになったものだ」

次助が感嘆したように言った。

誰かが戸を蹴破《けやぶ》った。それから騒ぎがはじまった。静寂を破り、怒号と悲鳴が轟いた。凶悪な連中とはいえ、所詮、もとは博徒か土地のならず者だ。喜兵衛たちの剣に立ち向かうには非力だった。

決着は思ったより早かった。やがて、騒ぎが収まった。向こうの死者三人、深い傷を負った者四人、あとは軽い怪我程度だった。

喜兵衛がようようと引き上げて来た。

「お見事でございました」

佐助はたたえた。

「そなたのおかげだ。改めて礼を言う」

「とんでもない。今度の手柄は……」

作蔵を探したが、どこにもいなかった。

「作蔵なら、とうに出かけて行ったぜ」

次助が苦笑しながら言った。

「では、連中を引き連れて行くので」

喜兵衛が言い、佐助の前を離れて行った。

天狗面の一味は陣屋まで引き立てられて行った。その一行の提灯の灯が遠ざかるのを見送りながら、

「次助兄い。これで、江戸に帰れるな」

と、弾んだ声を出した。

「ああ、帰れる」

次助もうれしそうに言った。

長谷川町の家でみなで飯を食べる光景が、佐助の脳裏をかすめた。

平助兄い、三太、それにおうめ婆さん。じきにお鶴を連れて帰るぜ。佐助は夜空に向かって叫んだ。

深々と寒さが身に染みているはずなのに、佐助の心は温かかった。

本書は時代小説文庫（ハルキ文庫）の書き下ろし作品です。

時代小説文庫
こ6-17

ふたり旅《たび》 三人佐平次捕物帳《さんにんさへいじとりものちょう》

著者 小杉健治《こすぎけんじ》

2011年2月18日第一刷発行

発行者 角川春樹

発行所 株式会社 角川春樹事務所
〒101-0051 東京都千代田区神田神保町3-27 二葉第1ビル

電話 03(3263)5247[編集] 03(3263)5881[営業]

印刷・製本 中央精版印刷株式会社

フォーマット・デザイン&シンボルマーク 芦澤泰偉

ISBN978-4-7584-3523-9 C0193

http://www.kadokawaharuki.co.jp/[営業]
fanmail@kadokawaharuki.co.jp[編集] ご意見・ご感想をお寄せください。

(書き下ろし) **天狗威《おど》し** 三人佐平次捕物帳

小杉健治

深川の足袋屋に、「大天狗の使者」を名乗る大男たちが、
喜捨を迫っていた。数日後、番頭の伊兵衛が行方不明となる。
佐平次たちは探索に乗り出すが……。シリーズ第6弾。

(書き下ろし) **神隠し** 三人佐平次捕物帳

小杉健治

行方不明になっていた傘問屋の娘が半年ぶりに戻ってきた。
話を聞くと自身が行方不明になっていたことがわからないというが……。
シリーズ第7弾。

(書き下ろし) **怨霊** 三人佐平次捕物帳

小杉健治

紙問屋の与之介の前に、心中を誓い合い自害した彩菊の亡霊が現れる。
数日後、悩みを打ち明けた与之介の死んでいる姿が……。
佐平次たちは、真相をつきとめられるのか。シリーズ第8弾！

(書き下ろし) **美女競べ** 三人佐平次捕物帳

小杉健治

美女競べを催す蔵前の札差問屋のもとへ、
一等をとった娘を殺すという脅迫状が……。犯人をつきとめるため、
佐助が女装をして参加することに――。シリーズ第9弾！

(書き下ろし) **佐平次落とし** 三人佐平次捕物帳

小杉健治

駆け落ちした男女の捜索を頼まれた佐平次たち。
子分の三太が居場所を突き止めるが……。一方、裏社会を取り仕切る
又蔵は、佐平次の人気を落とそうと謀るのだが……。シリーズ第10弾！